Llamadas telefónicas

Roberto Bolaño

Llamadas telefónicas

EDITORIAL ANAGRAMA

BARCELONA

Diseño de la colección:
Julio Vivas
Ilustración: «Sally Robertson», foto © Ann Rhoney

Primera edición en «Narrativas hispánicas»: noviembre 1997
Primera edición en «Compactos»: abril 2002
Segunda edición en «Compactos»: diciembre 2003
Tercera edición en «Compactos»: octubre 2004
Cuarta edición en «Compactos»: octubre 2005

ISBN: 84-339-6713-4
Depósito Legal: B. 42950-2005

Printed in Spain

Liberdúplex, S. L. U., ctra. BV 2249, km 7,4 - Polígono Torrentfondo
08791 Sant Llorenç d'Hortons

Para Carolina López

¿Quién puede comprender mi terror mejor que usted?

CHÉJOV

1. Llamadas telefónicas

SENSINI

La forma en que se desarrolló mi amistad con Sensini sin duda se sale de lo corriente. En aquella época yo tenía veintitantos años y era más pobre que una rata. Vivía en las afueras de Girona, en una casa en ruinas que me habían dejado mi hermana y mi cuñado tras marcharse a México y acababa de perder un trabajo de vigilante nocturno en un cámping de Barcelona, el cual había acentuado mi disposición a no dormir durante las noches. Casi no tenía amigos y lo único que hacía era escribir y dar largos paseos que comenzaban a las siete de la tarde, tras despertar, momento en el cual mi cuerpo experimentaba algo semejante al *jetlag*, una sensación de estar y no estar, de distancia con respecto a lo que me rodeaba, de indefinida fragilidad. Vivía con lo que había ahorrado durante el verano y aunque apenas gastaba mis ahorros iban menguando al paso del otoño. Tal vez eso fue lo que me impulsó a participar en el Concurso Nacional de Literatura de Alcoy, abierto a escritores de lengua castellana, cualquiera que fuera su nacionalidad y lugar de residencia. El premio estaba divido en tres modalidades: poesía, cuento y ensayo. Primero pensé en presentarme en poesía, pero enviar a luchar con los leones (o con las hienas) aquello que era lo que mejor hacía me pareció indecoroso. Después pensé en presentarme en ensayo, pero cuando me enviaron las bases descubrí que éste debía versar sobre Alcoy, sus alrededores, su historia, sus hombres ilustres, su proyección en el futuro y eso me excedía. Decidí, pues, presentarme en cuento y envié por triplicado el mejor que tenía (no tenía muchos) y me senté a esperar.

Cuando el premio se falló trabajaba de vendedor ambulante en una feria de artesanía en donde absolutamente nadie vendía artesanías. Obtuve el tercer accésit y diez mil pesetas que el Ayuntamiento de Alcoy me pagó religiosamente. Poco después me llegó el libro, en el que no escaseaban las erratas, con el ganador y los seis finalistas. Por supuesto, mi cuento era mejor que el que se había llevado el premio gordo, lo que me llevó a maldecir al jurado y a decirme que, en fin, eso siempre pasa. Pero lo que realmente me sorprendió fue encontrar en el mismo libro a Luis Antonio Sensini, el escritor argentino, segundo accésit, con un cuento en donde el narrador se iba al campo y allí se le moría su hijo o con un cuento en donde el narrador se iba al campo porque en la ciudad se le había muerto su hijo, no quedaba nada claro, lo cierto es que en el campo, un campo plano y más bien yermo, el hijo del narrador se seguía muriendo, en fin, el cuento era claustrofóbico, muy al estilo de Sensini, de los grandes espacios geográficos de Sensini que de pronto se achicaban hasta tener el tamaño de un ataúd, y superior al ganador y al primer accésit y también superior al tercer accésit y al cuarto, quinto y sexto.

No sé qué fue lo que me impulsó a pedirle al Ayuntamiento de Alcoy la dirección de Sensini. Yo había leído una novela suya y algunos de sus cuentos en revistas latinoamericanas. La novela era de las que hacen lectores. Se llamaba *Ugarte* y trataba sobre algunos momentos de la vida de Juan de Ugarte, burócrata en el Virreinato del Río de la Plata a finales del siglo XVIII. Algunos críticos, sobre todo españoles, la habían despachado diciendo que se trataba de una especie de Kafka colonial, pero poco a poco la novela fue haciendo sus propios lectores y para cuando me encontré a Sensini en el libro de cuentos de Alcoy, *Ugarte* tenía repartidos en varios rincones de América y España unos pocos y fervorosos lectores, casi todos amigos o enemigos gratuitos entre sí. Sensini, por descontado, tenía otros libros, publicados en Argentina o en editoriales españolas desaparecidas, y pertenecía a esa generación intermedia de escritores nacidos en los años veinte, después de Cortázar, Bioy, Sabato, Mujica Lainez, y cuyo exponente más conocido (al menos por entonces, al menos para mí) era Haroldo Conti, desaparecido en uno de los campos especiales de la dictadura de Videla y sus secuaces. De esta generación (aunque tal vez la palabra generación sea excesiva) quedaba poco, pero no por falta de brillantez o talento; seguidores de Roberto Arlt, periodistas y profesores y traductores, de alguna manera anunciaron lo que vendría a continuación, y lo anunciaron a su manera triste y escéptica que al final se los fue tragando a todos.

A mí me gustaban. En una época lejana de mi vida había leído las obras de teatro de Abelardo Castillo, los cuentos de Rodolfo Walsh (como Conti asesinado por la dictadura), los cuentos de Daniel Moyano, lecturas parciales y fragmentadas que ofrecían las revistas argentinas o mexicanas o cubanas, libros encontrados en las librerías de viejo del D.F., antologías piratas de la literatura bonaerense, probablemente la mejor en lengua española de este siglo, literatura de la que ellos formaban parte y que no era ciertamente la de Borges o Cortázar y a la que no tardarían en dejar atrás Manuel Puig y Osvaldo Soriano, pero que ofrecía al lector textos compactos, inteligentes, que propiciaban la complicidad y la alegría. Mi favorito, de más está decirlo, era Sensini, y el hecho de alguna manera sangrante y de alguna manera halagador de encontrármelo en un concurso literario de provincias me impulsó a intentar establecer contacto con él, saludarlo, decirle cuánto lo quería.

Así pues, el Ayuntamiento de Alcoy no tardó en enviarme su dirección, vivía en Madrid, y una noche, después de cenar o comer o merendar, le escribí una larga carta en donde hablaba de *Ugarte*, de los otros cuentos suyos que había leído en revistas, de mí, de mi casa en las afueras de Girona, del concurso literario (me reía del ganador), de la situación política chilena y argentina (todavía estaban bien establecidas ambas dictaduras), de los cuentos de Walsh (que era el otro a quien más quería junto con Sensini), de la vida en España y de la vida en general. Contra lo que esperaba, recibí una carta suya apenas una semana después. Comenzaba dándome las gracias por la mía, decía que en efecto el Ayuntamiento de Alcoy también le había enviado a él el libro con los cuentos galardonados pero que, al contrario que yo, él no había encontrado tiempo (aunque después, cuando volvía de forma sesgada sobre el mismo tema, decía que no había encontrado *ánimo suficiente*) para repasar el relato ganador y los accésits, aunque en estos días se había leído el mío y lo había encontrado de calidad, «un cuento de primer orden», decía, conservo la carta, y al mismo tiempo me instaba a perseverar, pero no, como al principio entendí, a perseverar en la escritura sino a perseverar en los concursos, algo que él, me aseguraba, también haría. Acto seguido pasaba a preguntarme por los certámenes literarios que se «avizoraban en el horizonte», encomiándome que apenas supiera de uno se lo hiciera saber en el acto. En contrapartida me adjuntaba las señas de dos concursos de relatos, uno en Plasencia y el otro en Écija, de 25.000 y 30.000 pesetas respectivamente, cuyas bases según pude comprobar más tarde extraía de periódicos y revistas madrileñas cuya sola existencia era un crimen o un milagro, depende. Ambos concursos aún estaban a mi alcance y Sensini terminaba su carta de manera más bien entusiasta, como si ambos estuviéramos en la línea de salida de una carrera interminable, amén de dura y sin sentido. «Valor y a trabajar», decía.

Recuerdo que pensé: qué extraña carta, recuerdo que releí algunas capítulos de *Ugarte*, por esos días aparecieron en la plaza de los cines de Girona los vendedores ambulantes de libros, gente que montaba sus tenderetes alrededor de la plaza y que ofrecía mayormente stocks invendibles, los saldos de las editoriales que no hacía mucho habían quebrado, libros de la Segunda Guerra Mundial, novelas de amor y de vaqueros, colecciones de postales. En uno de los tenderetes encontré un libro de cuentos de Sensini y lo compré. Estaba como nuevo –de hecho *era* un libro nuevo, de aquellos que las editoriales venden rebajados a los únicos que mueven este material, los ambulantes, cuando ya ninguna librería, ningún distribuidor quiere meter las manos en ese fuego– y aquella semana fue una semana Sensini en todos los sentidos. A veces releía por centésima vez su carta, otras veces hojeaba *Ugarte*, y cuando quería acción, novedad, leía sus cuentos. Éstos, aunque trataban sobre una gama variada de temas y situaciones, generalmente se desarrollaban en el campo, en la pampa, y eran lo que al menos antiguamente se llamaban historias de hombres a caballo. Es decir historias de gente armada, desafortunada, solitaria o con un peculiar sentido de la sociabilidad. Todo lo que en *Ugarte* era frialdad, un pulso preciso de neurocirujano, en el libro de cuentos era calidez, paisajes que se alejaban del lector muy lentamente (y que a veces se alejaban *con* el lector), personajes valientes y a la deriva.

En el concurso de Plasencia no alcancé a participar, pero en el de Écija sí. Apenas hube puesto los ejemplares de mi cuento (seudónimo: Aloysius Acker) en el correo, comprendí que si me quedaba esperando el resultado las cosas no podían sino empeorar. Así que decidí buscar otros concursos y de paso cumplir con el pedido de Sensini. Los días siguientes, cuando bajaba a Girona, los dediqué a trajinar periódicos atrasados en busca de información: en algunos ocupaban una columna junto a ecos de sociedad, en otros aparecían entre sucesos y deportes, el más serio de todos los situaba a mitad de camino del informe del tiempo y las notas necrológicas, ninguno, claro, en las páginas culturales. Descubrí, asimismo, una revista de la Generalitat que entre becas, intercambios, avisos de trabajo, cursos de posgrado, insertaba anuncios de concursos literarios, la mayoría de ámbito catalán y en lengua catalana, pero no todos. Pronto tuve tres concursos en ciernes en los que Sensini y yo podíamos participar y le escribí una carta.

Como siempre, la respuesta me llegó a vuelta de correo. La carta de Sensini era breve. Contestaba algunas de mis preguntas, la mayoría de ellas relativas a su libro de cuentos recién comprado, y adjuntaba a su vez las fotocopias de las bases de otros tres concursos de cuento, uno de ellos auspiciado por los Ferrocarriles del Estado, premio gordo y diez finalistas a 50.000 pesetas por barba, decía textualmente, el que no se presenta no gana, que por la intención no quede. Le contesté diciéndole que no tenía tantos cuentos como para cubrir los seis concursos en marcha, pero sobre todo intenté tocar otros temas, la carta se me fue de la mano, le hablé de viajes, amores perdidos, Walsh, Conti, Francisco Urondo, le pregunté por Gelman al que sin duda conocía, terminé contándole mi historia por capítulos, siempre que hablo con argentinos termino enzarzándome con el tango y el laberinto, les sucede a muchos chilenos.

La respuesta de Sensini fue puntual y extensa, al menos en lo tocante a la producción y los concursos. En un folio escrito a un solo espacio y por ambas caras exponía una suerte de estrategia general con respecto a los premios literarios de provincias. Le hablo por experiencia, decía. La carta comenzaba por santificarlos (nunca supe si en serio o en broma), fuente de ingresos que ayudaban al diario sustento. Al referirse a las entidades patrocinadoras, ayuntamientos y cajas de ahorro, decía «esa buena gente que cree en la literatura», o «esos lectores puros y un poco forzados». No se hacía en cambio ninguna ilusión con respecto a la información de la «buena gente», los lectores que previsiblemente (o no tan previsiblemente) consumirían aquellos libros invisibles. Insistía en que participara en el mayor número posible de premios, aunque sugería que como medida de precaución les cambiara el título a los cuentos si con uno solo, por ejemplo, acudía a tres concursos cuyos fallos coincidían por las mismas fechas. Exponía como ejemplo de esto su relato *Al amanecer*, relato que yo no conocía, y que él había enviado a varios certámenes literarios casi de manera experimental, como el conejillo de Indias destinado a probar los efectos de una vacuna desconocida. En el primer concurso, el mejor pagado, *Al amanecer* fue como *Al amanecer*, en el segundo concurso se presentó como *Los gauchos*, en el tercer concurso su título era *En la otra pampa*, y en el último se llamaba *Sin remordimientos*. Ganó en el segundo y en el último, y con la plata obtenida en ambos premios pudo pagar un mes y medio de alquiler, en Madrid los precios estaban por las nubes. Por supuesto, nadie se enteró de que *Los gauchos* y *Sin remordimientos* eran el mismo cuento con el título cambiado, aunque siempre existía el riesgo de coincidir en más de una liza con un mismo jurado, oficio singular que en España ejercían de forma contumaz una pléyade de escritores y poetas menores o autores laureados en anteriores fiestas. El mundo de la literatura es terrible, además de ridículo, decía. Y añadía que ni siquiera el repetido encuentro con un mismo jurado constituía de hecho un peligro, pues éstos generalmente no leían las obras presentadas o las leían por encima o las leían a medias. Y a mayor abundamiento, decía, quién sabe si *Los gauchos* y *Sin remordimientos* no sean dos relatos distintos cuya singularidad resida precisamente en el título. Parecidos, incluso muy parecidos, pero distintos. La carta concluía enfatizando que lo ideal sería hacer otra cosa, por ejemplo vivir y escribir en Buenos Aires, sobre el particular pocas dudas tenía, pero que la realidad era la realidad, y uno tenía que ganarse los porotos (no sé si en Argentina llaman porotos a las judías, en Chile sí) y que por ahora la salida era ésa. Es como pasear por la geografía española, decía. Voy a cumplir sesenta años, pero me siento como si tuviera veinticinco, afirmaba al final de la carta o tal vez en la posdata. Al principio me pareció una declaración muy triste, pero cuando la leí por segunda o tercera vez comprendí que era como si me dijera: ¿cuántos años tenés vos, pibe? Mi respuesta, lo recuerdo, fue inmediata. Le dije que tenía veintiocho, tres más que él. Aquella mañana fue como si recuperara si no la felicidad, sí la energía, una energía que se parecía mucho al humor, un humor que se parecía mucho a la memoria.

No me dediqué, como me sugería Sensini, a los concursos de cuentos, aunque sí participé en los últimos que entre él y yo habíamos descubierto. No gané en ninguno, Sensini volvió a hacer doblete en Don Benito y en Écija, con un relato que originalmente se titulaba *Los sables* y que en Écija se llamó *Dos espadas* y en Don Benito *El tajo más profundo*. Y ganó un accésit en el premio de los ferrocarriles, lo que le proporcionó no sólo dinero sino también un billete franco para viajar durante un año por la red de la Renfe.

Con el tiempo fui sabiendo más cosas de él. Vivía en un piso de Madrid con su mujer y su única hija, de diecisiete años, llamada Miranda. Otro hijo, de su primer matrimonio, andaba perdido por Latinoamérica o eso quería creer. Se llamaba Gregorio, tenía treintaicinco años, era periodista. A veces Sensini me contaba de sus diligencias en organismos humanitarios o vinculados a los departamentos de derechos humanos de la Unión Europea para averiguar el paradero de Gregorio. En esas ocasiones las cartas solían ser pesadas, monótonas, como si mediante la descripción del laberinto burocrático Sensini exorcizara a sus propios fantasmas. Dejé de vivir con Gregorio, me dijo en una ocasión, cuando el pibe tenía cinco años. No añadía nada más, pero yo vi a Gregorio de cinco años y vi a Sensini escribiendo en la redacción de un periódico y todo era irremediable. También me pregunté por el nombre y no sé por qué llegué a la conclusión de que había sido una suerte de homenaje inconsciente a Gregorio Samsa. Esto último, por supuesto, nunca se lo dije. Cuando hablaba de Miranda, por el contrario, Sensini se ponía alegre, Miranda era joven, tenía ganas de comerse el mundo, una curiosidad insaciable, y además, decía, era linda y buena. Se parece a Gregorio, decía, sólo que Miranda es mujer (obviamente) y no tuvo que pasar por lo que pasó mi hijo mayor.

Poco a poco las cartas de Sensini se fueron haciendo más largas. Vivía en un barrio desangelado de Madrid, en un piso de dos habitaciones más sala comedor, cocina y baño. Saber que yo disponía de más espacio que él me pareció sorprendente y después injusto. Sensini escribía en el comedor, de noche, «cuando la señora y la nena ya están dormidas», y abusaba del tabaco. Sus ingresos provenían de unos vagos trabajos editoriales (creo que corregía traducciones) y de los cuentos que salían a pelear a provincias. De vez en cuando le llegaba algún cheque por alguno de sus numerosos libros publicados, pero la mayoría de las editoriales se hacían las olvidadizas o habían quebrado. El único que seguía produciendo dinero era *Ugarte*, cuyos derechos tenía una editorial de Barcelona. Vivía, no tardé en comprenderlo, en la pobreza, no una pobreza absoluta sino una de clase media baja, de clase media desafortunada y decente. Su mujer (que ostentaba el curioso nombre de Carmela Zajdman) trabajaba ocasionalmente en labores editoriales y dando clases particulares de inglés, francés y hebreo, aunque en más de una ocasión se había visto abocada a realizar faenas de limpieza. La hija sólo se dedicaba a los estudios y su ingreso en la universidad era inminente. En una de mis cartas le pregunté a Sensini si Miranda también se iba a dedicar a la literatura. En su respuesta decía: no, por Dios, la nena estudiará medicina.

Una noche le escribí pidiéndole una foto de su familia. Sólo después de dejar la carta en el correo me di cuenta de que lo que quería era conocer a Miranda. Una semana después me llegó una fotografía tomada seguramente en el Retiro en donde se veía a un viejo y a una mujer de mediana edad junto a una adolescente de pelo liso, delgada y alta, con los pechos muy grandes. El viejo sonreía feliz, la mujer de mediana edad miraba el rostro de su hija, como si le dijera algo, y Miranda contemplaba al fotógrafo con una seriedad que me resultó conmovedora e inquietante. Junto a la foto me envió la fotocopia de otra foto. En ésta aparecía un tipo más o menos de mi edad, de rasgos acentuados, los labios muy delgados, los pómulos pronunciados, la frente amplia, sin duda un tipo alto y fuerte que miraba a la cámara (era una foto de estudio) con seguridad y acaso con algo de impaciencia. Era Gregorio Sensini, antes de desaparecer, a los veintidós años, es decir bastante más joven de lo que yo era entonces, pero con un aire de madurez que lo hacía parecer mayor.

Durante mucho tiempo la foto y la fotocopia estuvieron en mi mesa de trabajo. A veces me pasaba mucho rato contemplándolas, otras veces me las llevaba al dormitorio y las miraba hasta caerme dormido. En su carta Sensini me había pedido que yo también les enviara una foto mía. No tenía ninguna reciente y decidí hacerme una en el fotomatón de la estación, en esos años el único fotomatón de toda Girona. Pero las fotos que me hice no me gustaron. Me encontraba feo, flaco, con el pelo mal cortado. Así que cada día iba postergando el envío de mi foto y cada día iba gastando más dinero en el fotomatón. Finalmente cogí una al azar, la metí en un sobre junto con una postal y se la envié. La respuesta tardó en llegar. En el ínterin recuerdo que escribí un poema muy largo, muy malo, lleno de voces y de rostros que parecían distintos pero que sólo eran uno, el rostro de Miranda Sensini, y que cuando yo por fin podía reconocerlo, nombrarlo, decirle Miranda, soy yo, el amigo epistolar de tu padre, ella se daba media vuelta y echaba a correr en busca de su hermano, Gregorio Samsa, en busca de los ojos de Gregorio Samsa que brillaban al fondo de un corredor en tinieblas donde se movían imperceptiblemente los bultos oscuros del terror latinoamericano.

La respuesta fue larga y cordial. Decía que Carmela y él me encontraron muy simpático, tal como me imaginaban, un poco flaco, tal vez, pero con buena pinta y que también les había gustado la postal de la catedral de Girona que esperaban ver personalmente dentro de poco, apenas se hallaran más desahogados de algunas contingencias económicas y domésticas. En la carta se daba por entendido que no sólo pasarían a verme sino que se alojarían en mi casa. De paso me ofrecían la suya para cuando yo quisiera ir a Madrid. La casa es pobre, pero tampoco es limpia, decía Sensini imitando a un famoso gaucho de tira cómica que fue muy famoso en el Cono Sur a principios de los setenta. De sus tareas literarias no decía nada. Tampoco hablaba de los concursos.

Al principio pensé en mandarle a Miranda mi poema, pero después de muchas dudas y vacilaciones decidí no hacerlo. Me estoy volviendo loco, pensé, si le mando esto a Miranda se acabaron las cartas de Sensini y además con toda la razón del mundo. Así que no se lo mandé. Durante un tiempo me dediqué a rastrearle bases de concursos. En una carta Sensini me decía que temía que la cuerda se le estuviera acabando. Interpreté sus palabras erróneamente, en el sentido de que ya no tenía suficientes certámenes literarios adonde enviar sus relatos.

Insistí en que viajaran a Girona. Les dije que Carmela y él tenían mi casa a su disposición, incluso durante unos días me obligué a limpiar, barrer, fregar y sacarle el polvo a las habitaciones en la seguridad (totalmente infundada) de que ellos y Miranda estaban al caer. Argüí que con el billete abierto de la Renfe en realidad sólo tendrían que comprar dos pasajes, uno para Carmela y otro para Miranda, y que Cataluña tenía cosas maravillosas que ofrecer al viajero. Hablé de Barcelona, de Olot, de la Costa Brava, de los días felices que sin duda pasaríamos juntos. En una larga carta de respuesta, en donde me daba las gracias por mi invitación, Sensini me informaba que por ahora no podían moverse de Madrid. La carta, por primera vez, era confusa, aunque a eso de la mitad se ponía a hablar de los premios (creo que se había ganado otro) y me daba ánimos para no desfallecer y seguir participando. En esta parte de la carta hablaba también del oficio de escritor, de la profesión, y yo tuve la impresión de que las palabras que vertía eran en parte para mí y en parte un recordatorio que se hacía a sí mismo. El resto, como ya digo, era confuso. Al terminar de leer tuve la impresión de que alguien de su familia no estaba bien de salud.

Dos o tres meses después me llegó la noticia de que probablemente habían encontrado el cadáver de Gregorio en un cementerio clandestino. En su carta Sensini era parco en expresiones de dolor, sólo me decía que tal día, a tal hora, un grupo de forenses, miembros de organizaciones de derechos humanos, una fosa común con más de cincuenta cadáveres de jóvenes, etc. Por primera vez no tuve ganas de escribirle. Me hubiera gustado llamarlo por teléfono, pero creo que nunca tuvo teléfono y si lo tuvo yo ignoraba su número. Mi contestación fue escueta. Le dije que lo sentía, aventuré la posibilidad de que tal vez el cadáver de Gregorio no fuera el cadáver de Gregorio.

Luego llegó el verano y me puse a trabajar en un hotel de la costa. En Madrid ese verano fue pródigo en conferencias, cursos, actividades culturales de toda índole, pero en ninguna de ellas participó Sensini y si participó en alguna el periódico que yo leía no lo reseñó.

A finales de agosto le envié una tarjeta. Le decía que posiblemente cuando acabara la temporada fuera a hacerle una visita. Nada más. Cuando volví a Girona, a mediados de septiembre, entre la poca correspondencia acumulada bajo la puerta encontré una carta de Sensini con fecha 7 de agosto. Era una carta de despedida. Decía que volvía a la Argentina, que con la democracia ya nadie le iba a hacer nada y que por tanto era ocioso permanecer más tiempo fuera. Además, si quería saber a ciencia cierta el destino final de Gregorio no había más remedio que volver. Carmela, por supuesto, regresa conmigo, anunciaba, pero Miranda se queda. Le escribí de inmediato, a la única dirección que tenía, pero no recibí respuesta.

Poco a poco me fui haciendo a la idea de que Sensini había vuelto para siempre a la Argentina y que si no me escribía él desde allí ya podía dar por acabada nuestra relación epistolar. Durante mucho tiempo estuve esperando su carta o eso creo ahora, al recordarlo. La carta de Sensini, por supuesto, no llegó nunca. La vida en Buenos Aires, me consolé, debía de ser rápida, explosiva, sin tiempo para nada, sólo para respirar y parpadear. Volví a escribirle a la dirección que tenía de Madrid, con la esperanza de que le hicieran llegar la carta a Miranda, pero al cabo de un mes el correo me la devolvió por ausencia del destinatario. Así que desistí y dejé que pasaran los días y fui olvidando a Sensini, aunque cuando iba a Barcelona, muy de tanto en tanto, a veces me metía tardes enteras en librerías de viejo y buscaba sus libros, los libros que yo conocía de nombre y que nunca iba a leer. Pero en las librerías sólo encontré viejos ejemplares de *Ugarte* y de su libro de cuentos publicado en Barcelona y cuya editorial había hecho suspensión de pagos, casi como una señal dirigida a Sensini, dirigida a mí.

Uno o dos años después supe que había muerto. No sé en qué periódico leí la noticia. Tal vez no la leí en ninguna parte, tal vez me la contaron, pero no recuerdo haber hablado por aquellas fechas con gente que lo conociera, por lo que probablemente debo de haber leído en alguna parte la noticia de su muerte. Ésta era escueta: el escritor argentino Luis Antonio Sensini, exiliado durante algunos años en España, había muerto en Buenos Aires. Creo que también, al final, mencionaban *Ugarte*. No sé por qué, la noticia no me impresionó. No sé por qué, el que Sensini volviera a Buenos Aires a morir me pareció lógico.

Tiempo después, cuando la foto de Sensini, Carmela y Miranda y la fotocopia de la foto de Gregorio reposaban junto con mis demás recuerdos en una caja de cartón que por algún motivo que prefiero no indagar aún no he quemado, llamaron a la puerta de mi casa. Debían de ser las doce de la noche, pero yo estaba despierto. La llamada, sin embargo, me sobresaltó. Ninguna de las pocas personas que conocía en Girona hubieran ido a mi casa a no ser que ocurriera algo fuera de lo normal. Al abrir me encontré a una mujer de pelo largo debajo de un gran abrigo negro. Era Miranda Sensini, aunque los años transcurridos desde que su padre me envió la foto no habían pasado en vano. Junto a ella estaba un tipo rubio, alto, de pelo largo y nariz ganchuda. Soy Miranda Sensini, me dijo con una sonrisa. Ya lo sé, dije yo y los invité a pasar. Iban de viaje a Italia y luego pensaban cruzar el Adriático rumbo a Grecia. Como no tenían mucho dinero viajaban haciendo autostop. Aquella noche durmieron en mi casa. Les hice algo de cenar. El tipo se llamaba Sebastián Cohen y también había nacido en Argentina, pero desde muy joven vivía en Madrid. Me ayudó a preparar la cena mientras Miranda inspeccionaba la casa. ¿Hace mucho que la conoces?, preguntó. Hasta hace un momento sólo la había visto en foto, le contesté.

Después de cenar les preparé una habitación y les dije que se podían ir a la cama cuando quisieran. Yo también pensé en meterme a mi cuarto y dormirme, pero comprendí que aquello iba a resultar difícil, si no imposible, así que cuando supuse que ya estaban dormidos bajé a la primera planta y puse la tele, con el volumen muy bajo, y me puse a pensar en Sensini.

Poco después sentí pasos en la escalera. Era Miranda. Ella tampoco podía quedarse dormida. Se sentó a mi lado y me pidió un cigarrillo. Al principio hablamos de su viaje, de Girona (llevaban todo el día en la ciudad, no le pregunté por qué habían llegado tan tarde a mi casa), de las ciudades que pensaban visitar en Italia. Después hablamos de su padre y de su hermano. Según Miranda, Sensini nunca se repuso de la muerte de Gregorio. Volvió para buscarlo, aunque todos sabíamos que estaba muerto. ¿Carmela también?, pregunté. Todos, dijo Miranda, menos él. Le pregunté cómo le había ido en Argentina. Igual que aquí, dijo Miranda, igual que en Madrid, igual que en todas partes. Pero en Argentina lo querían, dije yo. Igual que aquí, dijo Miranda. Saqué una botella de coñac de la cocina y le ofrecí un trago. Estás llorando, dijo Miranda. Cuando la miré ella desvió la mirada. ¿Estabas escribiendo?, dijo. No, miraba la tele. Quiero decir cuando Sebastián y yo llegamos, dijo Miranda, ¿estabas escribiendo? Sí, dije. ¿Relatos? No, poemas. Ah, dijo Miranda. Bebimos largo rato en silencio, contemplando las imágenes en blanco y negro del televisor. Dime una cosa, le dije, ¿por qué le puso tu padre Gregorio a Gregorio? Por Kafka, claro, dijo Miranda. ¿Por Gregorio Samsa? Claro, dijo Miranda. Ya, me lo suponía, dije yo. Después Miranda me contó a grandes trazos los últimos meses de Sensini en Buenos Aires.

Se había marchado de Madrid ya enfermo y contra la opinión de varios médicos argentinos que lo trataban gratis y que incluso le habían conseguido un par de internamientos en hospitales de la Seguridad Social. El reencuentro con Buenos Aires fue doloroso y feliz. Desde la primera semana se puso a hacer gestiones para averiguar el paradero de Gregorio. Quiso volver a la universidad, pero entre trámites burocráticos y envidias y rencores de los que no faltan el acceso le fue vedado y se tuvo que conformar con hacer traducciones para un par de editoriales. Carmela, por el contrario, consiguió trabajo como profesora y durante los últimos tiempos vivieron exclusivamente de lo que ella ganaba. Cada semana Sensini le escribía a Miranda. Según ésta, su padre se daba cuenta de que le quedaba poca vida e incluso en ocasiones parecía ansioso de apurar de una vez por todas las últimas reservas y enfrentarse a la muerte. En lo que respecta a Gregorio, ninguna noticia fue concluyente. Según algunos forenses, su cuerpo podía estar entre el montón de huesos exhumados de aquel cementerio clandestino, pero para mayor seguridad debía hacerse una prueba de ADN, pero el gobierno no tenía fondos o no tenía ganas de que se hiciera la prueba y ésta se iba cada día retrasando un poco más. También se dedicó a buscar a una chica, una probable compañera que Goyo posiblemente tuvo en la clandestinidad, pero la chica tampoco apareció. Luego su salud se agravó y tuvo que ser hospitalizado. Ya ni siquiera escribía, dijo Miranda. Para él era muy importante escribir cada día, en cualquier condición. Sí, le dije, creo que así era. Después le pregunté si en Buenos Aires alcanzó a participar en algún concurso. Miranda me miró y se sonrió. Claro, tú eras el que participaba en los concursos con él, a ti te conoció en un concurso. Pensé que tenía mi dirección por la simple razón de que tenía todas las direcciones de su padre, pero que sólo en ese momento me había reconocido. Yo soy el de los concursos, dije. Miranda se sirvió más coñac y dijo que durante un año su padre había hablado bastante de mí. Noté que me miraba de otra manera. Debí importunarlo bastante, dije. Qué va, dijo ella, de importunarlo nada, le encantaban tus cartas, siempre nos las leía a mi madre y a mí. Espero que fueran divertidas, dije sin demasiada convicción. Eran divertidísimas, dijo Miranda, mi madre incluso hasta os puso un nombre. ¿Un nombre?, ¿a quiénes? A mi padre y a ti, os llamaba los pistoleros o los cazarrecompensas, ya no me acuerdo, algo así, los cazadores de cabelleras. Me imagino por qué, dije, aunque creo que el verdadero cazarrecompensas era tu padre, yo sólo le pasaba uno que otro dato. Sí, él era un profesional, dijo Miranda de pronto seria. ¿Cuántos premios llegó a ganar?, le pregunté. Unos quince, dijo ella con aire ausente. ¿Y tú? Yo por el momento sólo uno, dije. Un accésit en Alcoy, por el que conocí a tu padre. ¿Sabes que Borges le escribió una vez una carta, a Madrid, en donde le ponderaba uno de sus cuentos?, dijo ella mirando su coñac. No, no lo sabía, dije yo. Y Cortázar también escribió sobre él, y también Mujica Lainez. Es que él era un escritor muy bueno, dije yo. Joder, dijo Miranda y se levantó y salió al patio, como si yo hubiera dicho algo que la hubiera ofendido. Dejé pasar unos segundos, cogí la botella de coñac y la seguí. Miranda estaba acodada en la barda mirando las luces de Girona. Tienes una buena vista desde aquí, me dijo. Le llené su vaso, me llené el mío, y nos quedamos durante un rato mirando la ciudad iluminada por la luna. De pronto me di cuenta de que ya estábamos en paz, que por alguna razón misteriosa habíamos llegado juntos a estar en paz y que de ahí en adelante las cosas imperceptiblemente comenzarían a cambiar. Como si el mundo, de verdad, se moviera. Le pregunté qué edad tenía. Veintidós, dijo. Entonces yo debo tener más de treinta, dije, y hasta mi voz sonó extraña.

Este cuento obtuvo el Premio de Narración Ciudad de San Sebastián, patrocinado por la Fundación Kutxa.

HENRI SIMON LEPRINCE

Esta historia sucedió en Francia poco antes, durante y poco después de la Segunda Guerra Mundial. El protagonista se llama Leprince (el nombre, sin que se sepa por qué, le cuadra aunque él es todo lo contrario de un príncipe: de clase media venida a menos, carece de dinero, de una buena educación, de amistades convenientes) y es escritor.

Por supuesto, es un escritor fracasado, es decir sobrevive en la prensa canalla parisina y publica poemas (que los malos poetas juzgan malos y que los buenos poetas ni siquiera leen) y cuentos en revistas de provincias. Las editoriales –o los lectores de las editoriales, esa subcasta aborrecible–, sin que él sepa por qué, parecen odiarlo. Sus manuscritos siempre son rechazados. Es de mediana edad, es soltero, se ha acostumbrado al fracaso. A su manera, es un estoico. Lee a Stendhal con orgullo y con algo de desafío. Lee a algunos surrealistas a los que en el fondo detesta (o envidia) con toda su alma. Lee a Alphonse Daudet (cuyas páginas son un bálsamo) y por fidelidad al padre también lee al lamentable Léon Daudet, que no es un mal prosista.

En 1940, cuando Francia capitula, los escritores, antes divididos en cien escuelas florecientes, se agrupan tras el temporal en dos bandos mortalmente antagónicos: los que piensan que se puede resistir (subdivididos a su vez en resistentes activos –los menos–, pasivos –los más–, resistentes simpatizantes, resistentes por omisión, por suicidio, por extralimitación, por *fair-play*, por delicadeza, etc.) y los que piensan que se puede colaborar, subdivididos asimismo en múltiples secciones, todas bajo el influjo gravitacional de los siete pecados capitales. Para muchos, a la sombra de las revanchas políticas, ha llegado la hora de las revanchas literarias. Los colaboracionistas toman las riendas de algunas editoriales, de algunas revistas, de algunos periódicos. Leprince, que a simple vista está en tierra de nadie, o que a su parecer está en tierra de nadie, de pronto comprende que su territorio (su patria) es el de los plumíferos, el de los resentidos, el de los escritores de baja estofa.

Al cabo de un tiempo intentan captarlo los colaboracionistas, que ven en él, con justicia, a un semejante. El gesto, sin duda, además de amistoso es generoso. El nuevo director de su periódico lo llama, le explica la nueva política del rotativo en consonancia con la política de la Nueva Europa, le ofrece un cargo, más dinero, prestigio, prebendas mínimas pero que Leprince jamás ha conocido.

Esa mañana entiende por fin algunas cosas. Nunca hasta entonces había tenido noción de su papel tan bajo en la pirámide de la literatura. Nunca hasta entonces se sintió tan importante. Tras una noche de reflexión y de exaltación, rechaza la oferta.

Los días que siguen son de prueba. Leprince intenta continuar con su vida y su trabajo como si nada hubiera ocurrido. Sabe, sin embargo, que eso es imposible. Intenta escribir pero no le sale nada. Intenta releer a sus autores más queridos, pero las páginas parecen haberse quedado en blanco o estar minadas por señales misteriosas que a cada párrafo lo asaltan. Intenta leer pero es incapaz de concentrarse, de aprender, de disfrutar. Sufre pesadillas, a veces habla solo sin darse cuenta, cada vez que puede emprende largas caminatas por barrios que conoce muy bien y que, ante su asombro, permanecen iguales, impermeables a la ocupación y al cambio. Poco después traba contacto con algunos inconformistas, con personas que escuchan la radio de Londres y que creen en la inevitabilidad de la lucha.

Al principio su participación, su presencia en los puntos donde encarna la resistencia, es mínima. Su figura discreta y serena (aunque acerca de su serenidad hay opiniones divergentes) pasa desapercibida. No obstante no tardan aquellos sobre quienes recaen las responsabilidades (y que en modo alguno pertenecen al gremio de los escritores) en fijarse en él, en confiar en él. Esta confianza tal vez se deba a que hay pocas personas dispuestas a arriesgarse. En cualquier caso, Leprince entra en la resistencia y su diligencia y sangre fría pronto lo hacen acreedor a misiones cada vez más delicadas (en realidad, pequeños desplazamientos y escaramuzas sin mayor importancia, excepto, claro está, para el gremio de los literatos).

Y para éstos, ciertamente, Leprince constituye un enigma y una sorpresa. Los que antes de la capitulación gozaban de cierta fama y para quienes Leprince no existía, asiduamente comienzan a encontrárselo en todas partes y, lo que es peor, a depender de él para su cobertura o sus planes de fuga. Leprince aparece como salido del limbo, los ayuda, pone a su disposición todo lo que posee (que es poco), se muestra cooperativo y diligente. Los escritores hablan con él. Las conversaciones se producen de noche, en cuartos o pasillos oscuros y nunca exceden los murmullos. Alguno le sugiere que se dedique a escribir cuentos, versos, ensayos. Leprince les asegura que eso es lo que hace desde 1933. Los escritores quieren saber (las noches de espera son largas y angustiosas y a algunos les da por hablar) dónde ha publicado sus escritos. Leprince menciona revistas y periódicos pútridos, cuya sola mención despierta la náusea o la tristeza en el oyente. Los encuentros suelen terminar de madrugada, cuando Leprince los deja en una casa segura, con un apretón de manos o un rápido abrazo seguido de unas palabras de gratitud. Y las palabras son sinceras, pero tras la separación los escritores intentan desligarse de Leprince, olvidarlo como un mal sueño intrascendente.

Su presencia provoca un rechazo intraducible, inclasificable. Lo saben a su lado, pero en el fondo se niegan con todas sus fuerzas a aceptarlo. Perciben, tal vez, que Leprince ha estado durante muchos años en el purgatorio de las publicaciones pobres o canallas y saben que de ahí no se salva persona o animal o que sólo se salvan aquellos que son muy fuertes y brillantes y bestiales.

Leprince, por descontado, no encaja en ninguno de esos modelos. No es fascista, ni se ha afiliado al Partido, ni pertenece a ninguna Sociedad de Escritores. Éstos, acaso, ven en él a un *parvenu*, a un oportunista al revés (puesto que lo normal sería que Leprince los delatara, los injuriara, participara junto con la policía en sus interrogatorios y se entregara en cuerpo y alma a los colaboracionistas) que en un acceso de locura, tan común a los escritores-periodistas, se ha puesto del lado correcto de forma inconsciente, casi como el bacilo de una enfermedad contagiosa.

El señor D, por ejemplo, el exuberante novelista del Languedoc, escribe en su diario que Leprince le parece una sombra china y no hay más comentario. El resto, salvo una o dos excepciones, lo ignora. Las menciones a su figura escasean, las menciones a su obra son inexistentes. Nadie se toma la molestia de saber qué escribe el escritor que les ha salvado la vida.

Ajeno a todo, Leprince sigue trabajando en el periódico (donde cada vez despierta más sospechas) y pergeñando sus poesías. Los riesgos que cotidianamente asume superan con creces el mínimo necesario para mantener ante uno mismo un cierto sentido de la decencia. Su valor excede a menudo la temeridad. Una noche protege a un poeta surrealista perseguido por la Gestapo y que terminará sus días (pero no por culpa de Leprince) en un campo de concentración de Alemania, el cual se despide sin darle ni siquiera las gracias: para el poeta Leprince existe como camarada de infortunio y en ese nivel sobra toda gratitud, no como colega (palabra atroz) ni como semejante en la misma ardua profesión. Un fin de semana acompaña hasta un pueblo cercano a la frontera española a un ensayista que en el pasado vertió palabras de desprecio (tal vez justas) sobre uno de sus libros y que en esa hora decisiva ni siquiera lo recuerda, tan pequeña, tan fantasmal es su obra y su estatura pública.

A veces Leprince cavila que su rostro, su educación, su actitud, sus lecturas son las culpables de ese rechazo. Durante tres meses, en los ratos libres que le deja el periódico y su labor clandestina escribe un poema de más de 600 versos en donde se sumerge en el misterio y en el martirio de los poetas menores. Terminado el poema (que le ha costado dolor e ímprobos esfuerzos) comprende con estupor que él no es un poeta menor. Otro hubiera seguido investigando, pero Leprince carece de curiosidad sobre sí mismo y quema el poema.

En abril de 1943 se queda sin trabajo. Los meses siguientes vive a salto de mata, siempre escapando de la policía, de los delatores, de la pobreza. Una noche el azar lo lleva a refugiarse en la casa de una joven novelista. Leprince está atemorizado y la novelista es insomne, por lo que ambos pasan muchas horas hablando.

Quién sabe qué mecanismos ocultos se despiertan en Leprince, pero aquella noche confiesa abiertamente todas sus frustraciones, todos sus sueños, todas sus ambiciones. La joven novelista, que frecuenta como sólo una francesa es capaz de hacerlo los cenáculos literarios, reconoce a Leprince o cree reconocerlo. En los últimos meses lo ha visto en centenares de ocasiones, siempre a la sombra de algún escritor famoso y en peligro, siempre en la antesala de la casa de algún dramaturgo comprometido, en el rol de recadero, secretario, ayuda de cámara. Era usted el único al que yo no conocía, dice la joven novelista, y me preguntaba qué hacía usted en aquellas casas. Parecía usted el hombre invisible, añade, siempre en silencio, siempre disponible.

A Leprince le complace la franqueza de la joven y se deja ir. Habla de su obra y la sorpresa de su interlocutora es mayúscula. Inevitablemente llegan al tema de la marginalidad de Leprince. Al cabo de las horas la joven cree haber encontrado el problema y su solución. Le habla con crudeza: hay algo en él, dice, en su cara, en su manera de hablar, en su mirada, que provoca el rechazo en la mayoría de los hombres. La solución es evidente: debe desaparecer, ser un escritor secreto, tratar de que su literatura no reproduzca su rostro. La solución es tan sencilla y pueril que sólo puede ser cierta. Leprince la escucha con asombro y asiente. Sabe que no va a seguir los consejos de la joven novelista, se siente sorprendido y acaso un poco ofendido, sabe que es la primera vez que ha sido escuchado y comprendido.

A la mañana siguiente un coche de la Resistencia recoge a Leprince. Antes de marchar la joven novelista le estrecha la mano y le desea suerte. Después le da un beso en los labios y se pone a llorar. Leprince no comprende nada, aturdido balbucea una frase de agradecimiento, echa a andar. La novelista lo observa desde la ventana: Leprince entra al coche sin mirar para atrás. El resto de la mañana (y esto Leprince de alguna manera lo soñará en algún sitio, tal vez en su irregular obra) la joven novelista se dedica a pensar en él, a fantasear con él, a decirse que está enamorada de él, hasta que el cansancio y el sueño por fin la derrotan y se queda dormida en el sofá.

Nunca más se volverán a ver.

Leprince, modesto y repugnante, sobrevive a la guerra y en 1946 se retira a un pequeño pueblo de la Picardía en donde ejerce de maestro. Sus colaboraciones con la prensa y con algunas revistas literarias no son numerosas pero sí regulares. En su corazón, Leprince ha aceptado por fin su condición de mal escritor pero también ha comprendido y aceptado que los buenos escritores necesitan a los malos escritores aunque sólo sea como lectores o como escuderos. Sabe también que, al salvar (o al ayudar) a algunos buenos escritores, se ha ganado a pulso el derecho a emborronar cuartillas y a equivocarse. También se ha ganado el derecho a ser publicado en dos, tal vez tres revistas. En algún momento, por supuesto, ha intentado ver otra vez a la joven novelista, saber algo de ella. Pero cuando vuelve a la casa la encuentra ocupada por otras personas y nadie conoce el paradero de la joven. Leprince, por supuesto, la busca, pero ésa es otra historia. Lo cierto es que nunca más la vuelve a ver.

A quienes sí ve es a los escritores de París. No tan a menudo como él en el fondo hubiera deseado, pero los ve y a veces habla con ellos y ellos saben (generalmente de forma vaga) quién es él, incluso hay quien ha leído un par de poemas en prosa de Leprince. Su presencia, su fragilidad, su espantosa soberanía, a algunos les sirve de acicate o de recordatorio.

ENRIQUE MARTÍN

Para Enrique Vila-Matas

Un poeta lo puede soportar todo. Lo que equivale a decir que un hombre lo puede soportar todo. Pero no es verdad: son pocas las cosas que un hombre puede soportar. Soportar de verdad. Un poeta, en cambio, lo puede soportar todo. Con esta convicción crecimos. El primer enunciado es cierto, pero conduce a la ruina, a la locura, a la muerte.

Conocí a Enrique Martín pocos meses después de llegar a Barcelona. Tenía mi edad, había nacido en 1953 y era poeta. Escribía en castellano y catalán con resultados esencialmente idénticos aunque formalmente disímiles. Su poesía en castellano era voluntariosa y afectada y en no pocas ocasiones torpe, carente de cualquier atisbo de originalidad. Su poeta preferido (en esta lengua) era Miguel Hernández, un buen poeta que ignoro por qué razón gusta tanto a los malos poetas (arriesgo una respuesta que me temo incompleta: Hernández habla de y desde el dolor, y los malos poetas suelen sufrir como animales de laboratorio, sobre todo a lo largo de su dilatada juventud). En catalán, en cambio, su poesía hablaba de cosas reales y cotidianas, y únicamente la conocíamos sus amigos (lo que en realidad es un eufemismo: su poesía en castellano probablemente *también* la leíamos sólo los amigos, la única diferencia, al menos en cuanto a lectores se refiere, era que la poesía en castellano la publicaba en revistas de tiraje ínfimo que sospecho sólo nosotros examinábamos y en ocasiones ni siquiera nosotros, y las escritas en catalán nos las leía en los bares o cuando visitaba nuestras casas). Pero el catalán de Enrique era malo –¿cómo podían los poemas ser buenos sin dominar el poeta la lengua en que los escribía?; supongo que eso entra en el apartado de los misterios de la juventud–. El caso es que Enrique no tenía ni idea de los rudimentos de la gramática catalana y la verdad es que escribía mal, ya fuera en castellano o catalán, pero yo aún recuerdo algunos de sus poemas con cierta emoción a la que no es ajena el recuerdo de mi propia juventud. Enrique *quería* ser poeta y en ese empeño ponía toda la fuerza y toda la voluntad de las que era capaz. Su tenacidad (una tenacidad ciega y acrítica, como la de los malos pistoleros de las películas, aquellos que caen como moscas bajo las balas del héroe y que sin embargo perseveran de forma suicida en su empeño) a la postre lo hacía simpático, aureolado por una cierta santidad literaria que sólo los poetas jóvenes y las putas viejas saben apreciar.

En aquella época yo tenía veinticinco años y pensaba que ya lo había hecho todo. Enrique, por el contrario, quería hacerlo todo y se preparaba a su manera para comerse el mundo. Su primer paso fue sacar una revista o un fanzine de literatura que costeó con sus propios ahorros, pues tenía dinero ahorrado y un trabajo desde los quince años en no sé qué oscura oficina cercana al puerto. A última hora los amigos de Enrique (e incluso algún amigo mío) decidieron no incluir mis poemas en el primer número y eso, aunque me pese reconocerlo, enturbió durante algún tiempo nuestra amistad. Según Enrique, la culpa fue de otro chileno, un tipo al que conocía desde hacía mucho, que sugirió que dos chilenos eran demasiados chilenos para un primer número de un fanzine de literatura española. Por aquellos días yo estaba en Portugal y cuando volví opté por lavarme las manos. Ni la revista tenía nada que ver conmigo ni yo tenía nada que ver con la revista. No acepté las explicaciones de Enrique, en parte por comodidad, en parte para satisfacer mi orgullo herido, y me desentendí de la empresa.

Durante un tiempo dejamos de vernos. Por gente que ambos conocíamos y a la que solía encontrar en los bares del Casco Antiguo, nunca dejé de enterarme, de una forma sucinta y casual, de sus últimas andanzas. Así supe que de la revista (se llamaba *Soga Blanca*, un título profético, aunque me consta que no fue a él al que se le ocurrió) sólo salió un número, que intentó montar una obra de teatro en un ateneo de Nou Barris y que lo corrieron a gorrazos después de la primera representación, que planeaba sacar otra revista.

Una noche apareció por mi casa. Llevaba bajo el brazo una carpeta llena de poemas y quería que los leyera. Fuimos a cenar a un restaurante de la calle Costa y después, mientras tomaba café, leí algunos. Enrique esperaba mi opinión con una mezcla de autosatisfacción y miedo. Comprendí que si le decía que eran malos nunca más lo volvería a ver, además de arriesgarme a una discusión que se podía prolongar hasta altas horas de la noche. Dije que me parecían bien escritos. No mostré excesivo entusiasmo, pero me cuidé de deslizar la más mínima crítica. Incluso le dije que uno de ellos me parecía muy bueno, uno a la manera de León Felipe, un poema en donde añoraba las tierras de Extremadura en donde él nunca había vivido. No sé si me creyó. Sabía que entonces yo leía a Sanguinetti y que seguía (si bien eclécticamente) las enseñanzas sobre poesía moderna del italiano y que por lo tanto no me podían gustar sus versos sobre Extremadura. Pero hizo como que me creía, hizo como que se alegraba de habérmelos leído y después, sintomáticamente, se puso a hablar sobre su revista muerta en el número 1 y ahí fue donde yo me di cuenta de que no me creía pero que se lo callaba.

Eso fue todo. Estuvimos hablando un rato más, sobre Sanguinetti y Frank O´Hara (Frank O´Hara aún me gusta,

39

a Sanguinetti hace mucho que no lo leo), sobre la nueva revista que pensaba sacar y para la que no me pidió poemas y luego nos despedimos en la calle, cerca de mi casa. Pasaron uno o dos años hasta que lo volví a ver.

Por entonces yo vivía con una mexicana y nuestra relación amenazaba con acabar con ella, conmigo, con los vecinos, a veces incluso con la gente que se atrevía a visitarnos. Estos últimos, advertidos, dejaron de venir a nuestra casa y por aquellos días casi no veíamos a nadie; éramos pobres (la mexicana, pese a pertenecer a una familia acomodada del D.F., se negaba terminantemente a recibir ayuda económica de ésta), nuestras peleas eran homéricas, una nube amenazante parecía cernirse permanentemente sobre nosotros.

Así estaban las cosas cuando Enrique Martín volvió a aparecer. Al traspasar el umbral con una botella de vino y un paté francés, tuve la impresión de que no quería perderse el último acto de una de mis peores crisis vitales (aunque en realidad yo me sentía bien, la que se sentía mal era mi amiga), pero luego, cuando nos invitó por primera vez a cenar a su casa, cuando quiso que conociéramos a su compañera, me di cuenta de que en el peor de los casos Enrique no había venido a contemplar sino a ser contemplado, y que en el mejor de los casos aún parecía sentir una cierta estima por mí. Y sé que no aprecié ese gesto en lo que valía, sé que al principio contemplé su irrupción con desagrado, y que mi manera de recibirlo fue o quiso ser irónica, cínica, probablemente sólo aburrida. La verdad es que por aquellos días yo no era una buena compañía para nadie. Esto lo sabía todo el mundo y todo el mundo me evitaba o me rehuía. Pero Enrique sí quería verme y a la mexicana, vaya uno a saber por qué oscuros motivos, Enrique, su compañera, le cayeron bien y las visitas, las cenas se sucedieron hasta un total de cinco, no más.

Por supuesto, para cuando reanudamos la amistad, aunque la palabra es excesiva, pocas eran las cosas en que no disentíamos. Mi primera sorpresa fue conocer su casa (cuando lo dejé de ver aún vivía con sus padres y después supe que compartió un piso con otros tres, un piso al que por una u otra razón yo nunca fui). Ahora vivía en un ático del barrio de Gracia, lleno de libros, discos, cuadros, una vivienda amplia, tal vez un poco oscura, que su compañera había decorado con gusto camaleónico, pero en el que no faltaban ciertos detalles curiosos, objetos traídos de sus últimos viajes (Bulgaria, Turquía, Israel, Egipto) que a veces trascendían el recuerdo de turista, la imitación. Mi segunda sorpresa fue cuando me dijo que ya no escribía poesía. Lo dijo en la sobremesa, delante de la mexicana y de su compañera, aunque en realidad la confesión iba dirigida a mí (yo jugaba con una daga árabe, enorme, con la hoja labrada por ambas caras, supongo que de difícil uso práctico), y cuando lo miré su rostro exhibía una sonrisa que quería decir soy adulto, he comprendido que para disfrutar del arte no hace falta hacer el ridículo, no hace falta escribir ni arrastrarse.

La mexicana (que era pura dinamita) se condolió de su renuncia, lo obligó a contar la historia de la revista en donde no fui publicado, finalmente encontró plausibles y sensatas las razones que Enrique esgrimió en defensa de su renuncia y le predijo un no muy tardío regreso a la literatura con las fuerzas renovadas. La compañera de Enrique estuvo de acuerdo en un noventainueve por ciento. Las dos mujeres (aunque por razones obvias mucho más la compañera de Enrique) parecían encontrar decididamente más poético el que éste se dedicara a su trabajo –lo habían ascendido, el ascenso lo llevaba a veces a visitar Cartagena y Málaga por razones que no quise averiguar–, a su colección de discos, a su casa y a su coche, que a malgastar las horas imitando a León Felipe o en el mejor de los casos (es un decir) a Sanguinetti. Yo no expresé ninguna opinión y cuando Enrique me preguntó directamente qué pensaba (Dios mío, como si fuera una pérdida irreparable para la lírica española o catalana), le contesté que cualquier cosa que él hiciera estaría bien. No me creyó.

La conversación, aquella noche o una de las cuatro que aún nos restaban, giró hacia los hijos. Lógico: poesía-hijos. Y recuerdo (y esto sí lo recuerdo con total claridad) que Enrique admitió que le gustaría tener un hijo, la experiencia del hijo fueron sus palabras textuales, no su mujer sino él, es decir tenerlo nueve meses dentro de su barriga y parirlo. Recuerdo que cuando lo dijo yo me quedé helado, la mexicana y su compañera lo miraron con ternura, y a mí me pareció ver, y eso fue lo que me dejó helado, lo que años después, pero desgraciadamente no muchos años después, sucedería. Cuando la sensación pasó, fue breve, apenas un chispazo, la afirmación de Enrique me pareció una *boutade* que ni siquiera merecía contestación. Por descontado, ellos querían tener hijos, yo, para variar, no, al final de los cuatro de aquella cena el único que tiene un hijo soy yo, la vida no sólo es vulgar sino también inexplicable.

Fue durante la última cena, cuando mi relación con la mexicana ya estaba en los segundos de descuento, cuando Enrique nos habló de una revista en la que colaboraba. Ya está, pensé. Acto seguido se corrigió: en la que *colaboraban*. El plural tuvo la virtud de ponerme en guardia, pero pronto comprendí: él y su compañera. Por una vez (por última vez) la mexicana y yo estuvimos de acuerdo en algo y exigimos en el acto ver la revista en cuestión. Resultó ser una de las tantas que por entonces se vendían en los kioscos de periódicos y cuyos temas iban desde los ovnis hasta los fantasmas, pasando por las apariciones marianas, las culturas precolombinas desconocidas, los sucesos paranormales. Se llamaba *Preguntas & Respuestas* y creo que aún se vende. Pregunté, preguntamos, en qué consistía exactamente lo que ellos hacían. Enrique (su compañera casi no habló durante la última cena) nos lo explicó: iban, los fines de semana, a lugares donde se producían avistamientos (de platillos volantes), entrevistaban a las personas que los habían visto, examinaban la zona, buscaban cuevas (esa noche Enrique afirmó que muchas montañas de Cataluña y del resto de España estaban huecas), pasaban la noche en vela metidos en sacos de dormir y con la cámara fotográfica al lado, a veces iban ellos dos solos, las más iban en grupo, cuatro, seis personas, noches agradables al aire libre, cuando todo concluía preparaban un informe y parte de él (¿a quién le mandaban el informe completo?) lo publicaban, junto con las fotos, en *Preguntas & Respuestas*.

Esa noche, durante la sobremesa, leí un par de los artículos que firmaban Enrique y su compañera. Estaban mal redactados, eran torpes, pretendidamente científicos, al menos la palabra ciencia aparecía varias veces, eran inaguantablemente arrogantes. Quiso saber qué opinaba de ellos. Me di cuenta de que mi opinión, por primera vez, le importaba un pepino y por primera vez fui franco y sincero. Le sugerí cambios, le dije que debía aprender a escribir, le pregunté si en la revista tenían un corrector de estilo.

Al salir de su casa la mexicana y yo no paramos de reírnos. Esa misma semana, creo, nos separamos. Ella se fue a Roma. Yo aún permanecí un año más en Barcelona.

Durante mucho tiempo no supe nada de Enrique. De hecho creo que me olvidé de él. Por entonces yo vivía en las afueras de un pueblo de Girona con la única compañía de una perra y de cinco gatos, casi no veía a nadie de mis antiguos conocidos aunque de vez en cuando alguno se dejaba caer por mi casa, en ningún caso más de dos días y una noche, y con esa persona, la que fuera, solía hablar de los amigos de Barcelona, de los amigos de México, y en ninguna ocasión que yo recuerde nadie me mencionó a Enrique Martín. Al pueblo bajaba sólo una vez al día, acompañado por mi perra, a comprar comida y a hurgar en mi apartado de correos, en donde solía encontrar cartas de mi hermana que me escribía desde un México D.F. que ya no podía reconocer. Las demás cartas, muy espaciadas, eran de poetas sudamericanos perdidos en Sudamérica con quienes mantenía una correspondencia irregular, entre abrupta y dolorosa, fiel reflejo de nosotros mismos que comenzábamos a dejar de ser jóvenes, a aceptar el fin de los sueños.

Un día, sin embargo, recibí una carta distinta. En realidad, no era propiamente una carta. En dos hojas de cartulina, sendas invitaciones para una especie de cóctel que una editorial de Barcelona ofreció durante la presentación de mi primera novela, cóctel al que yo no asistí, alguien había dibujado unos planos más bien rudimentarios y junto a éstos había escrito las siguientes cifras:

$$3860 + 429777 - 469993? + 51179 -$$
$$588904 + 966 - 39146 + 498207856$$

La carta, por descontado, no llevaba firma. Evidentemente, mi anónimo corresponsal sí había asistido a la presentación de mi libro. Por supuesto, no intenté descifrar las cifras: estaba claro que era una frase de ocho palabras, seguramente su autor era uno de mis amigos. El asunto no revestía mayor misterio, excepto, tal vez, por los dibujos. Éstos representaban un camino ondulado, una casa con un árbol, un río que se bifurcaba, un puente, una montaña o una colina, una cueva. A un lado, una primitiva rosa de los vientos indicaba el norte y el sur. Junto al camino, en dirección contraria a la montaña (decidí finalmente que debía ser una montaña) y a la cueva, una flecha indicaba el nombre de un pueblo del Ampurdán.

Esa noche, ya en mi casa, mientras preparaba la comida, de pronto supe sin ninguna duda que la carta era de Enrique Martín. Lo imaginé en el cóctel de la editorial, hablando con algunos de mis amigos (uno de éstos debió de darle el número de mi apartado de correos), criticando acerbamente mi libro, yendo de un lado para otro con un vaso de vino en la mano, saludando a todo el mundo, preguntando en voz alta si yo iba a aparecer o no iba a aparecer. Creo que sentí algo parecido al desprecio. Creo que recordé mi ya lejana exclusión de *Soga Blanca*.

Una semana más tarde volví a recibir otro anónimo. Nuevamente la cartulina utilizada era una invitación para la presentación de mi libro (debió de hacerse con varias durante el cóctel), aunque esta vez descubrí algunas variantes. Bajo mi nombre había transcrito un verso de Miguel Hernández, uno que habla de la felicidad y del trabajo. En el dorso, junto con las mismas cifras de la primera, el mapa experimentaba un cambio radical. Al principio pensé que no quería decir nada, las líneas eran confusas, en ocasiones un mero entrecruzarse de rayas y puntos suspensivos, signos de exclamación, dibujos borroneados o superpuestos. Después, tras observarlo por enésima vez y compararlo con la entrega anterior, comprendí lo que era obvio: el nuevo mapa era la prolongación del antiguo mapa, el nuevo mapa era el mapa de la cueva.

Recuerdo que pensé que ya no teníamos edad para estas bromas, una tarde estuve hojeando en el kiosco, sin llegar a comprarla, la revista *Preguntas & Respuestas*. No vi el nombre de Enrique entre los colaboradores. A los pocos días volví a olvidarme de él y de sus cartas.

Creo que transcurrieron varios meses, tal vez tres, tal vez cuatro. Una noche escuché el ruido de un coche que se detenía junto a mi casa. Pensé que seguramente se trataba de alguien que se había extraviado. Salí con la perra a ver quién era. El coche estaba detenido junto a unos zarzales, con el motor en marcha y las luces encendidas. Durante un rato no pasó nada. Desde donde yo estaba no podía ver cuántos ocupantes había en el coche, pero no tuve miedo, con mi perra al lado casi nunca tenía miedo. La perra, por su parte, gruñía, ansiosa por abalanzarse sobre los desconocidos. Entonces las luces se apagaron, se apagó el motor y el único ocupante del coche abrió la puerta y me saludó con palabras cariñosas. Era Enrique Martín. Me temo que mi saludo fue más bien frío. Lo primero que me preguntó fue si había recibido sus cartas. Dije que sí. ¿Nadie manipuló los sobres? ¿Los sobres estaban bien cerrados? Contesté afirmativamente y le pregunté qué pasaba. Problemas, dijo mientras miraba las luces del pueblo a sus espaldas y la curva detrás de la cual estaba la cantera de piedra. Entremos en casa, le dije, pero no se movió de donde estaba. ¿Qué es aquello?, dijo indicando las luces y los ruidos de la cantera. Le dije lo que era y le expliqué que al menos una vez al año, ignoro por qué razón, trabajaban hasta pasada la medianoche. Es raro, dijo Enrique. Volví a insistir en que entráramos, pero no me oyó o se hizo el desentendido. No quiero molestarte, dijo tras ser olisqueado por la perra. Entra, vamos a tomarnos algo, dije. No bebo alcohol, dijo Enrique. Estuve en la presentación de tu novela, añadió, creí que irías. No, no fui, dije. Pensé que ahora Enrique se pondría a criticar mi libro. Quería que me guardaras algo, dijo. Sólo entonces me di cuenta de que en la mano derecha llevaba un paquete, hojas de tamaño folio, su regreso a la poesía, pensé. Pareció adivinarme el pensamiento. No son poemas, dijo con una sonrisa desvalida y al mismo tiempo valiente, una sonrisa que ciertamente no veía desde hacía muchos años, no en su cara, al menos. ¿Qué es?, le pregunté. Nada, cosas mías, no quiero que las leas, sólo quiero que las guardes. De acuerdo, entremos, dije. No, no quiero molestarte, además no tengo tiempo, he de irme de inmediato. ¿Cómo supiste dónde vivía?, dije. Enrique pronunció el nombre de un amigo común, el chileno que había decidido que dos chilenos eran muchos chilenos para el primer número de *Soga Blanca*. Cómo se atreve ese cabrón a dar mi dirección a nadie, dije. ¿Ya no sois amigos?, dijo Enrique. Supongo que sí, dije, pero no nos vemos mucho. Pues a mí me alegra que me la haya dado, me ha gustado mucho verte, dijo Enrique. Debí decir: a mí también, pero no dije nada. Bueno, me voy, dijo Enrique. En ese momento comenzaron a sonar unos ruidos muy fuertes, como de explosiones, provenientes de la cantera que lo pusieron nervioso. Lo tranquilicé, no es nada, dije, pero en realidad era la primera vez que oía las explosiones a esas horas de la noche. Bueno, me voy, dijo. Cuídate, dije yo. ¿Puedo darte un abrazo?, dijo. Claro que sí, dije yo. ¿No me morderá el perro? Es una perra, dije yo, no te morderá.

Durante dos años, el tiempo que me restaba por vivir en aquella casa de las afueras, mantuve el paquete de papeles intacto, tal como Enrique me lo había confiado, atado con cordel y cinta adhesiva, entre las revistas viejas y entre mis propios papeles que, no está de más decirlo, crecieron desaforadamente durante ese tiempo. Las únicas noticias que tuve sobre Enrique me las proporcionó el chileno de la *Soga Blanca*, con el que una vez hablamos sobre la revista y sobre aquellos años, aclarando de paso el papel jugado por él en la exclusión de mis poemas, ninguno, fue lo que me afirmó, fue lo que saqué en claro, aunque a esas alturas ya no importaba. Por él supe que Enrique tenía una librería en el barrio de Gracia, cerca de aquel piso que años atrás, en compañía de la mexicana, yo había visitado cinco veces. Por él supe que estaba separado, que ya no colaboraba en *Preguntas & Respuestas*, que su ex mujer trabajaba con él en la librería. Pero ya no vivían juntos, me dijo, eran amigos, Enrique le daba ese trabajo porque la tía estaba en el paro. ¿Y le va bien con la librería?, pregunté. Muy bien, dijo el chileno, al parecer había dejado la empresa en la que trabajaba desde adolescente y la indemnización fue cuantiosa. Vive allí mismo, dijo. En el fondo de la librería, en dos habitaciones no muy grandes. Las habitaciones, lo supe después, daban a un patio de luz en donde Enrique cultivaba geranios, ficus, nomeolvides, azucenas. Las dos únicas puertas eran las de la librería, sobre la que cada noche bajaba una cortina metálica que cerraba con llave, y una puerta pequeña que daba al pasillo del edificio. No le quise preguntar la dirección. Tampoco le pregunté si Enrique escribía o no escribía. Poco después recibí una larga carta de éste, firmada, en donde me decía que había estado en Madrid (creo que la carta la escribió desde Madrid, ya no estoy seguro) en el famoso Congreso Mundial de Escritores de Ciencia Ficción. No, él no escribía ciencia ficción (creo que empleó el término *s-f*), sino que estaba allí como enviado de *Preguntas & Respuestas*. El resto de la carta era confuso. Hablaba de un escritor francés cuyo nombre no me sonaba de nada que afirmaba que los extraterrestres éramos todos, es decir todos los seres vivientes del planeta Tierra, unos exiliados, decía Enrique, o unos desterrados. Después hablaba del camino seguido por el escritor francés para llegar a tan descabellada conclusión. Esta parte era ininteligible. Mencionaba a la *policía de la mente*, hacía conjeturas acerca de *túneles dimensionales*, se enredaba como si estuviera, otra vez, escribiendo un poema. La carta terminaba con una frase enigmática: *todos los que saben se salvan*. Después venían los saludos y recuerdos de rigor. Fue la última vez que me escribió.

La siguiente noticia que tuve de él me la proporcionó nuestro común amigo chileno, de manera casual, quiero decir sin estridencias, en uno de mis cada vez más frecuentes desplazamientos a Barcelona, mientras comíamos juntos.

Enrique llevaba dos semanas muerto, las cosas ocurrieron más o menos así: una mañana llegó su ex compañera y ahora dependienta a la librería y la encontró cerrada. El hecho la extrañó, pero no demasiado pues a veces Enrique solía quedarse dormido. Para tales contingencias ella tenía una llave propia y con ésta procedió a abrir la cortina metálica primero y la puerta de cristal de la librería después. Acto seguido se encaminó al fondo, hacia las habitaciones, y allí encontró a Enrique, colgando de la viga de su dormitorio. La dependienta y ex compañera casi sufrió un ataque al corazón de la impresión que tuvo, pero se sobrepuso, llamó por teléfono a la policía y luego cerró la librería y esperó sentada en la acera, llorando, supongo, hasta que llegó el primer coche patrulla. Cuando volvió a entrar, contra lo que esperaba, Enrique aún colgaba de la viga, los policías le hicieron preguntas, notó entonces que las paredes de la habitación estaban llenas de números, grandes y pequeños, pintados con rotulador algunos y con aerosol otros. Los policías, lo recordaba, fotografiaron los números (659983 + 779511 – 336922, cosas de ese tipo, incomprensibles) y el cadáver de Enrique que los miraba desde arriba sin ninguna consideración. La dependienta y ex compañera creyó que las cifras eran deudas acumuladas. Sí, Enrique estaba endeudado, no demasiado, no como para que alguien lo quisiera matar, pero existían deudas. Los policías le preguntaron si los números ya estaban en las paredes la tarde anterior. Ella dijo que no. Luego dijo que no lo sabía. No lo creía. No entraba desde hacía tiempo en aquella habitación.

Revisaron las puertas. La que daba al pasillo del edificio estaba cerrada con llave por dentro. No encontraron ninguna señal que indicara que alguna de las puertas hubiera sido forzada. El único juego de llaves que había, aparte del de la dependienta y ex compañera, lo encontraron junto a la caja registradora. Cuando llegó el juez descolgaron el cuerpo de Enrique y se lo llevaron de allí. La autopsia fue concluyente, la muerte había sido casi en el acto, un suicidio más de los muchos que ocurren en Barcelona.

Durante muchas noches, en la soledad de mi casa del Ampurdán que pronto abandonaría, estuve pensando en el suicidio de Enrique. Me costaba creer que el hombre que quería tener un hijo, que quería parir él mismo un hijo, tuviera la indelicadeza de permitir que su dependienta y ex compañera descubriera su cuerpo ahorcado, ¿desnudo?, ¿vestido?, ¿en pijama?, acaso aún balanceándose en medio de la habitación. Lo de los números ya me parecía más probable. No me costaba trabajo imaginar a Enrique realizando sus criptografías toda la noche, desde las ocho en que cerró la librería, hasta las cuatro de la mañana, buena hora para morir. Levanté, por supuesto, algunas hipótesis que acaso explicaban de alguna manera su muerte. La primera tenía relación directa con su última carta, el suicidio como el billete de regreso al planeta natal. La segunda contemplaba en dos versiones el asesinato. Pero ambas eran excesivas, desmesuradas. Recordé nuestro último encuentro frente a mi casa, sus nervios, la sensación de que alguien lo perseguía, la sensación de que Enrique creía que alguien lo perseguía.

En los siguientes desplazamientos a Barcelona cotejé mis informaciones con otros amigos de Enrique, nadie había notado ningún cambio significativo en él, a nadie había entregado ni planos hechos a mano ni paquetes cerrados, el único punto donde advertí contradicciones y lagunas era en el de su actividad en *Preguntas & Respuestas*. Según algunos hacía mucho que ya no tenía relación alguna con la revista. Según otros, seguía colaborando de manera regular.

Una tarde que no tenía nada que hacer, después de resolver algunos asuntos en Barcelona, fui a la redacción de *Preguntas & Respuestas*. Me atendió el director. Si esperaba encontrar a alguien tenebroso, me llevé una desilusión, el director parecía un vendedor de seguros, más o menos como todos los directores de revistas. Le dije que Enrique Martín había muerto. No lo sabía, pronunció algunas palabras de pesar, esperó. Le pregunté si Enrique colaboraba regularmente en la revista y tal como esperaba obtuve una respuesta negativa. Le recordé el Congreso Mundial de Ciencia Ficción celebrado no hacía mucho en Madrid. Respondió que su revista no había enviado a nadie a cubrir el evento, ellos, me explicó, no hacían ficción sino periodismo de investigación. Aunque a él, añadió, la ciencia ficción le gustaba mucho. Entonces Enrique fue por su cuenta, pensé en voz alta. Así debió de ser, dijo el director, al menos para esta casa no trabajaba.

Antes de que todo el mundo lo olvidara, antes de que sus amigos siguieran viviendo con Enrique ya definitivamente muerto, conseguí el número de teléfono de su ex compañera, ex dependienta, y la llamé. Le costó acordarse de mí. Soy yo, dije, Arturo Belano, fui a tu casa cinco veces, vivía por entonces con una mexicana. Ah, sí, dijo. Luego permaneció callada y pensé que algo le ocurría al teléfono. Pero ella seguía allí. Te llamaba para decirte que siento mucho lo que ha sucedido, dije. Enrique fue a la presentación de tu libro, dijo ella. Lo sé, lo sé, dije. Quería verte, dijo ella. Nos vimos, dije. No sé por qué quería verte, dijo ella. A mí también me gustaría saberlo, dije. Bueno, ya es demasiado tarde, ¿no?, dijo ella. Así parece, dije.

Aún permanecimos un rato más hablando, creo que de sus nervios destrozados, luego se me acabaron las monedas (llamaba desde Girona) y la comunicación se cortó.

Meses después me marché de casa. La perra se vino conmigo. Los gatos se quedaron con unos vecinos. La noche anterior a mi partida abrí el paquete que me confió Enrique. Esperaba encontrar números y mapas, tal vez la señal que aclarara su muerte. Eran unas cincuenta hojas tamaño folio, debidamente encuadernadas. Y en ninguna encontré planos ni mensajes cifrados, sólo poemas escritos a la manera de Miguel Hernández, algunos a la manera de León Felipe, a la manera de Blas de Otero y de Gabriel Celaya. Aquella noche no pude dormir. Ahora era a mí al que le tocaba huir.

51

UNA AVENTURA LITERARIA

B escribe un libro en donde se burla, bajo máscaras diversas, de ciertos escritores, aunque más ajustado sería decir de ciertos arquetipos de escritores. En uno de los relatos aborda la figura de A, un autor de su misma edad pero que a diferencia de él es famoso, tiene dinero, es leído, las mayores ambiciones (y en ese orden) a las que puede aspirar un hombre de letras. B no es famoso ni tiene dinero y sus poemas se imprimen en revistas minoritarias. Sin embargo entre A y B no todo son diferencias. Ambos provienen de familias de la pequeña burguesía o de un proletariado más o menos acomodado. Ambos son de izquierdas, comparten una parecida curiosidad intelectual, las mismas carencias educativas. La meteórica carrera de A, sin embargo, ha dado a sus escritos un aire de gazmoñería que a B, lector ávido, le parece insoportable. A, al principio desde los periódicos pero cada vez más a menudo desde las páginas de sus nuevos libros, pontifica sobre todo lo existente, humano o divino, con pesadez académica, con el talante de quien se ha servido de la literatura para alcanzar una posición social, una respetabilidad, y desde su torre de nuevo rico dispara sobre todo aquello que pudiera empañar el espejo en el que ahora se contempla, en el que ahora contempla el mundo. Para B, en resumen, A se ha convertido en un meapilas.

B, decíamos, escribe un libro y en uno de los capítulos se

burla de A. La burla no es cruenta (sobre todo teniendo en cuenta que se trata sólo de un capítulo de un libro más o menos extenso). Crea un personaje, Álvaro Medina Mena, escritor de éxito, y lo hace expresar las mismas opiniones que A. Cambian los escenarios: en donde A despotrica contra la pornografía, Medina Mena lo hace contra la violencia, en donde A argumenta contra el mercantilismo en el arte contemporáneo, Medina Mena se llena de razones que esgrimir contra la pornografía. La historia de Medina Mena no sobresale entre el resto de historias, la mayoría mejores (si no mejor escritas, sí mejor organizadas). El libro de B se publica –es la primera vez que B publica en una editorial grande– y comienza a recibir críticas. Al principio su libro pasa desapercibido. Luego, en uno de los principales periódicos del país, A publica una reseña absolutamente elogiosa, entusiasta, que arrastra a los demás críticos y convierte el libro de B en un discreto éxito de ventas. B, por supuesto, se siente incómodo. Al menos eso es lo que siente al principio, luego, como suele suceder, encuentra natural (o al menos lógico) que A alabara su libro; éste, sin duda, es notable en más de un aspecto y A, sin duda, en el fondo no es un mal crítico.

Pero al cabo de dos meses, en una entrevista aparecida en otro periódico (no tan importante como aquel en donde publicó su reseña), A menciona una vez más el libro de B, de forma por demás elogiosa, tachándolo de altamente recomendable: «Un espejo que no se empaña.» En el tono de A, sin embargo, B cree descubrir algo, un mensaje entre líneas, como si el escritor famoso le dijera: no creas que me has engañado, sé que me retrataste, sé que te burlaste de mí. Ensalza mi libro, piensa B, para después dejarlo caer. O bien ensalza mi libro para que nadie lo identifique con el personaje de Medina Mena. O bien no se ha dado cuenta de nada y nuestro encuentro escritor-lector ha sido un encuentro feliz. Todas las posibilidades le parecen nefastas. B no cree en los encuentros felices (es decir inocentes, es decir simples) y comienza a hacer todo lo posible para conocer personalmente a A. En su fuero interno sabe que A se ha visto retratado en el personaje de Medina Mena. Al menos tiene la razonable convicción de que A ha leído todo su libro y que lo ha leído tal como a él le gustaría que lo leyeran. ¿Pero entonces por qué se ha referido a él de esa manera? ¿Por qué elogiar algo donde se burlan –y ahora B cree que la burla, además de desmesurada, tal vez ha sido un poco injustificada– de ti? No encuentra explicación. La única plausible es que A no se haya dado cuenta de la sátira, probabilidad nada despreciable dado que A cada vez es más imbécil (B lee todos sus artículos, todos los que han aparecido después de la reseña elogiosa y hay mañanas en que, si pudiera, machacaría a puñetazos su cara, la cara de A cada vez más pacata, más imbuida por la santa verdad y por la santa impaciencia, como si A se creyera la reencarnación de Unamuno o algo parecido).

Así que hace todo lo posible por conocerlo, pero no tiene éxito. Viven en ciudades diferentes. A viaja mucho y no siempre es seguro encontrarlo en su casa. Su teléfono casi siempre marca ocupado o es el contestador automático el que recibe la llamada y cuando esto sucede B cuelga en el acto pues le aterrorizan los contestadores automáticos.

Al cabo de un tiempo B decide que jamás se pondrá en contacto con A. Intenta olvidar el asunto, casi lo consigue. Escribe un nuevo libro. Cuando se publica A es el primero en reseñarlo. Su velocidad es tan grande que desafía cualquier disciplina de lectura, piensa B. El libro ha sido enviado a los críticos un jueves y el sábado aparece la reseña de A, por lo menos cinco folios, donde demuestra, además, que su lectura es profunda y razonable, una lectura lúcida, clarificadora incluso para el propio B, que observa aspectos de su libro que antes había pasado por alto. Al principio B se siente agradecido, halagado. Después se siente aterrorizado. Comprende, de golpe, que es imposible que A leyera el libro entre el día en que la editorial lo envió a los críticos y el día en que lo publicó el periódico: un libro enviado el jueves, tal como va el correo en España, en el mejor de los casos llegaría el lunes de la semana siguiente. La primera posibilidad que a B se le ocurre es que A escribiera la reseña sin haber leído el libro, pero rápidamente rechaza esta idea. A, es innegable, ha leído y muy bien leído su libro. La segunda posibilidad es más factible: que A obtuviera el libro directamente en la editorial. B telefonea a la editorial, habla con la encargada de ventas, le pregunta cómo es posible que A ya haya leído su libro. La encargada no tiene idea (aunque ha leído la reseña y está contenta) y le promete averiguarlo. B, casi de rodillas, si es que alguien se puede poner de rodillas telefónicamente, le suplica que lo llame esa misma noche. El resto del día, como no podía ser menos, lo pasa imaginando historias, cada una más disparatada que la anterior. A las nueve de la noche, desde su casa, lo telefonea la encargada de ventas. No hay ningún misterio, por supuesto, A estuvo en la editorial días antes y se fue con un ejemplar del libro de B con el tiempo suficiente como para leerlo con calma y escribir la reseña. La noticia devuelve la serenidad a B. Intenta preparar la cena pero no tiene nada en la nevera y decide salir a comer fuera. Se lleva el periódico en donde está la reseña. Al principio camina sin rumbo por calles desiertas, luego encuentra una fonda abierta en la que nunca ha estado antes y entra. Todas las mesas están desocupadas. B se sienta junto a la ventana, en un rincón apartado de la chimenea que débilmente calienta el comedor. Una muchacha le pregunta qué quiere. B dice que quiere comer. La muchacha es muy hermosa y tiene el pelo largo y despeinado, como si se acabara de levantar. B pide una sopa y después un plato de verduras con carne. Mientras espera vuelve a leer la reseña. Tengo que ver a A, piensa. Tengo que decirle que estoy arrepentido, que no quise jugar a esto, piensa. La reseña, sin embargo, es inofensiva: no dice nada que más tarde no vayan a decir otros reseñistas, si acaso está mejor escrita (A *sabe* escribir, piensa B con desgana, tal vez con resignación). La comida le sabe a tierra, a materias putrefactas, a sangre. El frío del restaurante lo cala hasta los huesos. Esa noche enferma del estómago y a la mañana siguiente se arrastra como puede hasta el ambulatorio. La doctora que lo atiende le receta antibióticos y una dieta suave durante una semana. Acostado, sin ganas de salir de casa, B decide llamar a un amigo y contarle toda la historia. Al principio duda a quién llamar. ¿Y si llamo a A y se lo cuento a él?, piensa. Pero no, A, en el mejor de los casos, lo achacaría todo a una coincidencia y acto seguido se dedicaría a leer bajo otra luz los textos de B para posteriormente proceder a demolerlo. En el peor, se haría el desentendido. Al final, B no llama a nadie y muy pronto un miedo de otra naturaleza crece en su interior: el de que alguien, un lector anónimo, se *hubiera dado cuenta* de que Álvaro Medina Mena es un trasunto de A. La situación, tal como ya está, le parece horrenda. Con más de dos personas en el secreto, cavila, puede llegar a ser insoportable. ¿Pero quiénes son los potenciales lectores capaces de percibir la identidad de Álvaro Medina Mena? En teoría los tres mil quinientos de la primera edición de su libro, en la práctica sólo unos pocos, los lectores devotos de A, los aficionados a los crucigramas, los que, como él, estaban hartos de tanta moralina y catequesis de final de milenio. ¿Pero qué puede hacer B para que nadie más se dé cuenta? No lo sabe. Baraja varias posibilidades, desde escribir una reseña elogiosa en grado extremo del próximo libro de A hasta escribir *un pequeño libro* sobre toda la obra de A (incluidos sus malhadados artículos de periódico); desde llamarlo por teléfono y poner las cartas boca arriba (¿pero qué cartas?) hasta visitarlo una noche, acorralarlo en el zaguán de su piso, obligarlo por la fuerza a que confiese cuál es su propósito, qué pretende al pegarse como lapa a su obra, qué reparaciones son las que de manera implícita está exigiendo con tal actitud.

Finalmente B no hace nada.

Su nuevo libro obtiene buenas críticas pero escaso éxito

de público. A nadie le parece extraño que A apueste por él. De hecho, A, cuando no está de lleno en el papel de Catón de las letras (y de la política) españolas, es bastante generoso con los nuevos escritores que saltan a la palestra. Al cabo de un tiempo B olvida todo el asunto. Posiblemente, se consuela, producto de su imaginación desbordada por la publicación de dos libros en editoriales de prestigio, producto de sus miedos desconocidos, producto de su sistema nervioso desgastado por tantos años de trabajo y de anonimato. Así que se olvida de todo y al cabo de un tiempo, en efecto, el incidente es tan sólo una anécdota algo desmesurada en el interior de su memoria. Un día, sin embargo, lo invitan a un coloquio sobre nueva literatura a celebrarse en Madrid.

B acude encantado de la vida. Está a punto de terminar otro libro y el coloquio, piensa, le servirá como plataforma para su futuro lanzamiento. El viaje y la estancia en el hotel, por supuesto, están pagados y B quiere aprovechar los pocos días de estadía en la capital para visitar museos y descansar. El coloquio dura dos días y B participa en la jornada inaugural y asiste como espectador a la última. Al finalizar ésta, los literatos, en masa, son conducidos a la casa de la condesa de Bahamontes, letraherida y mecenas de múltiples eventos culturales, entre los que destacan una revista de poesía, tal vez la mejor de las que aparecen en la capital, y una beca para escritores que lleva su nombre. B, que en Madrid no conoce a nadie, está en el grupo que acude a cerrar la velada a casa de la condesa. La fiesta, precedida por una cena ligera pero deliciosa y bien regada con vinos de cosecha propia, se alarga hasta altas horas de la madrugada. Al principio, los participantes no son más de quince pero con el paso de las horas se van sumando al convite una variopinta galería de artistas en la que no faltan escritores pero donde es dable encontrar, también, a cineastas, actores, pintores, presentadores de televisión, toreros.

En determinado momento, B tiene el privilegio de ser presentado a la condesa y el honor de que ésta se lo lleve aparte, a un rincón de la terraza desde la que se domina el jardín. Allá abajo lo espera un amigo, dice la condesa con una sonrisa y señalando con el mentón una glorieta de madera rodeada de plátanos, palmeras, pinos. B la contempla sin entender. La condesa, piensa, en alguna remota época de su vida debió ser bonita pero ahora es un amasijo de carne y cartílagos movedizos. B no se atreve a preguntar por la identidad del «amigo». Asiente, asegura que bajará de inmediato, pero no se mueve. La condesa tampoco se mueve y por un instante ambos permanecen en silencio, mirándose a la cara, como si se hubieran conocido (y amado u odiado) en otra vida. Pero pronto a la condesa la reclaman sus otros invitados y B se queda solo, contemplando temeroso el jardín y la glorieta donde, al cabo de un rato, distingue a una persona o el movimiento fugaz de una sombra. Debe ser A, piensa, y acto seguido, conclusión lógica: debe estar armado.

Al principio B piensa en huir. No tarda en comprender que la única salida que conoce pasa cerca de la glorieta, por lo que la mejor manera de huir sería permanecer en alguna de las innumerables habitaciones de la casa y esperar que amanezca. Pero tal vez no sea A, piensa B, tal vez se trate del director de una revista, de un editor, de algún escritor o escritora que desea conocerme. Casi sin darse cuenta B abandona la terraza, consigue una copa, comienza a bajar las escaleras y sale al jardín. Allí enciende un cigarrillo y se aproxima sin prisas a la glorieta. Al llegar no encuentra a nadie, pero tiene la certeza de que alguien ha estado allí y decide esperar. Al cabo de una hora, aburrido y cansado, vuelve a la casa. Pregunta, a los escasos invitados que deambulan como sonámbulos o como actores de una pieza teatral excesivamente lenta, por la condesa y nadie sabe darle una respuesta coherente. Un camarero (que lo mismo puede estar al servicio de la condesa o haber sido invitado por ésta a la fiesta) le dice que la dueña de casa seguramente se ha retirado a sus habitaciones, tal como acostumbra, la edad, ya se sabe. B asiente y piensa que, en efecto, la edad ya no permite muchos excesos. Después se despide del camarero, se dan la mano y vuelve caminando al hotel. En la travesía invierte más de dos horas.

Al día siguiente, en vez de tomar el avión de regreso a su ciudad, B dedica la mañana a trasladarse a un hotel más barato donde se instala como si planeara quedarse a vivir mucho tiempo en la capital y luego se pasa toda la tarde llamando por teléfono a casa de A. En las primeras llamadas sólo escucha el contestador automático. Es la voz de A y de una mujer que dicen, uno después del otro y con un tono festivo, que no están, que volverán dentro de un rato, que dejen el mensaje y que si es algo importante dejen también un teléfono al que ellos puedan llamar. Al cabo de varias llamadas (sin dejar mensaje) B se ha hecho algunas ideas respecto a A y a su compañera, a la entidad desconocida que ambos componen. Primero, la voz de la mujer. Es una mujer joven, mucho más joven que él y que A, posiblemente enérgica, dispuesta a hacerse un lugar en la vida de A y a hacer respetar su lugar. Pobre idiota, piensa B. Después, la voz de A. Un arquetipo de serenidad, la voz de Catón. Este tipo, piensa B, tiene un año menos que yo pero parece como si me llevara quince o veinte. Finalmente, el mensaje: ¿por qué el tono de alegría?, ¿por qué piensan que si es algo importante el que llama va a dejar de intentarlo y se va a contentar con dejar su número de teléfono?, ¿por qué hablan como si interpretaran una obra de teatro, para dejar claro que allí viven dos personas o para explicitar la felicidad que los embarga como pareja? Por supuesto, ninguna de las preguntas que B se hace obtiene respuesta. Pero sigue llamando, una vez cada media hora, aproximadamente, y a las diez de la noche, desde la cabina de un restaurante económico, le contesta una voz de mujer. Al principio, sorprendido, B no sabe qué decir. Quién es, pregunta la mujer. Lo repite varias veces y luego guarda silencio, pero sin colgar, como si le diera a B la ocasión de decidirse a hablar. Después, en un gesto que se adivina lento y reflexivo, la mujer cuelga. Media hora más tarde, desde un teléfono de la calle, B vuelve a llamar. Nuevamente es la mujer la que descuelga el teléfono, la que pregunta, la que espera una respuesta. Quiero ver a A, dice B. Debería haber dicho: quiero *hablar* con A. Al menos, la mujer lo entiende así y se lo hace notar. B no contesta, pide perdón, insiste en que quiere *ver* a A. De parte de quién, dice la mujer. Soy B, dice B. La mujer duda unos segundos, como si pensara quién es B y al cabo dice muy bien, espere un momento. Su tono de voz no ha cambiado, piensa B, no trasluce ningún temor ni ninguna amenaza. Por el teléfono, que la mujer ha dejado seguramente sobre una mesilla o sillón o colgando de la pared de la cocina, oye voces. Las voces, ciertamente ininteligibles, son de un hombre y una mujer, A y su joven compañera, piensa B, pero luego se une a esas voces la de una tercera persona, un hombre, alguien con la voz mucho más grave. En un primer momento parece que conversan, que A es incapaz de no prolongar aunque sólo sea un instante una conversación interesante en grado sumo. Después, B cree que más bien están discutiendo. O que tardan en ponerse de acuerdo sobre algo de extrema importancia antes de que A coja de una vez por todas el teléfono. Y en la espera o en la incertidumbre alguien grita, tal vez A. Después se hace un silencio repentino, como si una mujer invisible taponara con cera los oídos de B. Y después (después de varias monedas de un duro) alguien cuelga silenciosamente, piadosamente, el teléfono.

Esa noche B no puede dormir. Se reprocha todo lo que no hizo. Primero pensó en insistir pero decidió llevado por una superstición cambiar de cabina. Los dos siguientes teléfonos que encontró estaban estropeados (la capital era una ciudad descuidada, incluso sucia) y cuando por fin encontró uno en condiciones, al meter las monedas se dio cuenta de que las manos le temblaban como si hubiera sufrido un ataque. La visión de sus manos lo desconsoló tanto que estuvo a punto de echarse a llorar. Razonablemente, pensó que lo mejor era acopiar fuerzas y que para eso nada mejor que un bar. Así que se puso a caminar y al cabo de un rato, después de haber desechado varios bares por motivos diversos y en ocasiones contradictorios, entró en un establecimiento pequeño e iluminado en exceso en donde se hacinaban más de treinta personas. El ambiente del bar, como no tardó en notar, era de una camaradería indiscriminada y bulliciosa. De pronto se encontró hablando con personas que no conocía de nada y que normalmente (en su ciudad, en su vida cotidiana) hubiera mantenido a distancia. Se celebraba una despedida de soltero o la victoria de uno de los dos equipos de fútbol locales. Volvió al hotel de madrugada, sintiéndose vagamente avergonzado.

Al día siguiente, en lugar de buscar un sitio donde comer (descubrió sin asombro que era incapaz de probar bocado), B se instala en la primera cabina que encuentra, en una calle bastante ruidosa, y telefonea a A. Una vez más, contesta la mujer. Contra lo que B esperaba, es reconocido de inmediato. A no está, dice la mujer, pero quiere verte. Y tras un silencio: sentimos mucho lo que pasó ayer. ¿Qué pasó ayer?, dice B sinceramente. Te tuvimos esperando y luego colgamos. Es decir, colgué yo. A quería hablar contigo, pero a mí me pareció que no era oportuno. ¿Por qué no era oportuno?, dice B, perdido ya cualquier atisbo de discreción. Por varias razones, dice la mujer... A no se encuentra muy bien de salud... Cuando habla por teléfono se excita demasiado... Estaba trabajando y no es conveniente interrumpirlo... A B la voz de la mujer ya no le parece tan juvenil. Ciertamente está mintiendo: ni siquiera se toma el trabajo de buscar mentiras convincentes, además no menciona al hombre de la voz grave. Pese a todo, a B le parece encantadora. Miente como una niña mimada y sabe de antemano que yo perdonaré sus mentiras. Por otra parte, su manera de proteger a A de alguna forma es como si realzara su propia belleza. ¿Cuánto tiempo vas a estar en la ciudad?, dice la mujer. Sólo hasta que vea a A, luego me iré, dice B. Ya, ya, ya, dice la mujer (a B se le ponen los pelos de punta) y reflexiona en silencio durante un rato. Esos segundos o esos minutos B los emplea en imaginar su rostro. El resultado, aunque vacilante, es turbador. Lo mejor será que vengas esta noche, dice la mujer, ¿tienes la dirección? Sí, dice B. Muy bien, te esperamos a cenar a las ocho. De acuerdo, dice B con un hilo de voz y cuelga.

El resto del día B se lo pasa caminando de un sitio a otro, como un vagabundo o como un enfermo mental. Por supuesto, no visita ni un solo museo aunque sí entra a un par de librerías en donde compra el último libro de A. Se instala en un parque y lo lee. El libro es fascinante, aunque cada página rezuma tristeza. Qué buen escritor es A, piensa B. Considera su propia obra, maculada por la sátira y por la rabia y la compara desfavorablemente con la obra de A. Después se queda dormido al sol y cuando despierta el parque está lleno de mendigos y yonquis que a primera vista dan la impresión de movimiento pero que en realidad no se mueven, aunque tampoco pueda afirmarse con propiedad que están quietos.

B vuelve a su hotel, se baña, se afeita, se pone la ropa que usó durante el primer día de estancia en la ciudad y que es la más limpia que tiene, y luego vuelve a salir a la calle. A vive en el centro, en un viejo edificio de cinco plantas. Llama por el portero automático y una voz de mujer le pregunta quién es. Soy B, dice B. Pasa, dice la mujer y el zumbido de la puerta que se abre dura hasta que B alcanza el ascensor. E incluso mientras el ascensor lo sube al piso de A, B cree oír el zumbido, como si tras sí arrastrara una larga cola de lagartija o de serpiente.

En el rellano, junto a la puerta abierta, A lo está esperando. Es alto, pálido, un poco más gordo que en las fotos. Sonríe con algo de timidez. B siente por un momento que toda la fuerza que le ha servido para llegar a casa de A se evapora en un segundo. Se repone, intenta una sonrisa, alarga la mano. Sobre todo, piensa, evitar escenas violentas, sobre todo evitar el melodrama. Por fin, dice A, cómo estás. Muy bien, dice B.

B está enamorado de X. Por supuesto, se trata de un amor desdichado. B, en una época de su vida, estuvo dispuesto a hacer todo por X, más o menos lo mismo que piensan y dicen todos los enamorados. X rompe con él. X rompe con él por *teléfono*. Al principio, por supuesto, B sufre, pero a la larga, como es usual, se repone. La vida, como dicen en las telenovelas, continúa. Pasan los años.

Una noche en que no tiene nada que hacer, B consigue, tras dos llamadas telefónicas, ponerse en contacto con X. Ninguno de los dos es joven y eso se nota en sus voces que cruzan España de una punta a la otra. Renace la amistad y al cabo de unos días deciden reencontrarse. Ambas partes arrastran divorcios, nuevas enfermedades, frustraciones. Cuando B toma el tren para dirigirse a la ciudad de X, aún no está enamorado. El primer día lo pasan encerrados en casa de X, hablando de sus vidas (en realidad quien habla es X, B escucha y de vez en cuando pregunta); por la noche X lo invita a compartir su cama. B en el fondo no tiene ganas de acostarse con X, pero acepta. Por la mañana, al despertar, B está enamorado otra vez. ¿Pero está enamorado de X o está enamorado de la idea de estar enamorado? La relación es problemática e intensa: X cada día bordea el suicidio, está en tratamiento psiquiátrico (pastillas, muchas pastillas que sin embargo en nada la ayudan), llora a menudo y sin causa aparente. Así que B cuida a X. Sus cuidados son cariñosos, diligentes, pero también son torpes. Sus cuidados remedan los cuidados de un enamorado verdadero. B no tarda en darse cuenta de esto. Intenta que salga de su depresión, pero sólo consigue llevar a X a un callejón sin salida o que X estima sin salida. A veces, cuando está solo o cuando observa a X dormir, B también piensa que el callejón no tiene salida. Intenta recordar a sus amores perdidos como una forma de antídoto, intenta convencerse de que puede vivir sin X, de que puede salvarse solo. Una noche X le pide que se marche y B coge el tren y abandona la ciudad. X va a la estación a despedirlo. La despedida es afectuosa y desesperada. B viaja en litera pero no puede dormir hasta muy tarde. Cuando por fin cae dormido sueña con un mono de nieve que camina por el desierto. El camino del mono es limítrofe, abocado probablemente al fracaso. Pero el mono prefiere no saberlo y su astucia se convierte en su voluntad: camina de noche, cuando las estrellas heladas barren el desierto. Al despertar (ya en la Estación de Sants, en Barcelona) B cree comprender el significado del sueño (si lo tuviera) y es capaz de dirigirse a su casa con un mínimo consuelo. Esa noche llama a X y le cuenta el sueño. X no dice nada. Al día siguiente vuelve a llamar a X. Y al siguiente. La actitud de X cada vez es más fría, como si con cada llamada B se estuviera alejando en el tiempo. Estoy desapareciendo, piensa B. Me está borrando y sabe qué hace y por qué lo hace. Una noche B amenaza a X con tomar el tren y plantarse en su casa al día siguiente. Ni se te ocurra, dice X. Voy a ir, dice B, ya no soporto estas llamadas telefónicas, quiero verte la cara cuando te hablo. No te abriré la puerta, dice X y luego cuelga. B no entiende nada. Durante mucho tiempo piensa cómo es posible que un ser humano pase de un extremo a otro en sus sentimientos, en sus deseos. Luego se emborracha o busca consuelo en un libro. Pasan los días.

Una noche, medio año después, B llama a X por teléfono. X tarda en reconocer su voz. Ah, eres tú, dice. La frialdad de X es de aquellas que erizan los pelos. B percibe, no obstante, que X quiere decirle algo. Me escucha como si no hubiera pasado el tiempo, piensa, como si hubiéramos hablado ayer. ¿Cómo estás?, dice B. Cuéntame algo, dice B. X contesta con monosílabos y al cabo de un rato cuelga. Perplejo, B vuelve a discar el número de X. Cuando contestan, sin embargo, B prefiere mantenerse en silencio. Al otro lado, la voz de X dice: bueno, quién es. Silencio. Luego dice: diga, y se calla. El tiempo –el tiempo que separaba a B de X y que B no lograba comprender– pasa por la línea telefónica, se comprime, se estira, deja ver una parte de su naturaleza. B, sin darse cuenta, se ha puesto a llorar. Sabe que X sabe que es él quien llama. Después, silenciosamente, cuelga.

Hasta aquí la historia es vulgar; lamentable, pero vulgar. B entiende que no debe telefonear nunca más a X. Un día llaman a la puerta y aparecen A y Z. Son policías y desean interrogarlo. B inquiere el motivo. A es remiso a dárselo; Z, después de un torpe rodeo, se lo dice. Hace tres días, en el otro extremo de España, alguien ha asesinado a X. Al principio B se derrumba, después comprende que él es uno de los sospechosos y su instinto de supervivencia lo lleva a ponerse en guardia. Los policías preguntan por dos días en concreto. B no recuerda qué ha hecho, a quién ha visto en esos días. Sabe, cómo no lo va a saber, que no se ha movido de Barcelona, que de hecho no se ha movido de su barrio y de su casa, pero no puede probarlo. Los policías se lo llevan. B pasa la noche en la comisaría. En un momento del interrogatorio cree que lo trasladarán a la ciudad de X y la posibilidad, extrañamente, parece seducirlo, pero finalmente eso no sucede. Toman sus huellas dactilares y le piden autorización para hacerle un análisis de sangre. B acepta. A la mañana siguiente lo dejan irse a su casa. Oficialmente, B no ha estado detenido, sólo se ha prestado a colaborar con la policía en el esclarecimiento de un asesinato. Al llegar a su casa B se echa en la cama y se queda dormido de inmediato. Sueña con un desierto, sueña con el rostro de X, poco antes de despertar comprende que ambos son lo mismo. No le cuesta demasiado inferir que él se encuentra perdido en el desierto.

Por la noche mete algo de ropa en un bolso y se dirige a la estación en donde toma un tren con destino a la ciudad de X. Durante el viaje, que dura toda la noche, de una punta a otra de España, no puede dormir y se dedica a pensar en todo lo que pudo haber hecho y no hizo, en todo lo que pudo darle a X y no le dio. También piensa: si yo fuera el muerto X no haría este viaje a la inversa. Y piensa: por eso, precisamente, soy yo el que está vivo. Durante el viaje, insomne, contempla a X por primera vez en su real estatura, vuelve a sentir amor por X y se desprecia a sí mismo, casi con desgana, por última vez. Al llegar, muy temprano, va directamente a casa del hermano de X. Éste queda sorprendido y confuso, sin embargo lo invita a pasar, le ofrece un café. El hermano de X está con la cara recién lavada y a medio vestir. No se ha duchado, constata B, sólo se ha lavado la cara y pasado algo de agua por el pelo. B acepta el café, luego le dice que se acaba de enterar del asesinato de X, que la policía lo ha interrogado, que le explique qué ha ocurrido. Ha sido algo muy triste, dice el hermano de X mientras prepara el café en la cocina, pero no veo qué tienes que ver tú con todo esto. La policía cree que puedo ser el asesino, dice B. El hermano de X se ríe. Tú siempre tuviste mala suerte, dice. Es extraño que me diga eso, piensa B, cuando yo soy precisamente el que está vivo. Pero también le agradece que no ponga en duda su inocencia. Luego el hermano de X se va a trabajar y B se queda en su casa. Al cabo de un rato, agotado, cae en un sueño profundo. X, como no podía ser menos, aparece en su sueño.

Al despertar cree saber quién es el asesino. Ha visto su rostro. Esa noche sale con el hermano de X, entran en bares y hablan de cosas banales y por más que procuran emborracharse no lo consiguen. Cuando vuelven a casa, caminando por calles vacías, B le dice que una vez llamó a X y que no habló. Qué putada, dice el hermano de X. Sólo lo hice una vez, dice B, pero entonces comprendí que X solía recibir ese tipo de llamadas. Y creía que era yo. ¿Lo entiendes?, dice B. ¿El asesino es el tipo de las llamadas anónimas?, pregunta el hermano de X. Exacto, dice B. Y X pensaba que era yo. El hermano de X arruga el entrecejo; yo creo, dice, que el asesino es uno de sus ex amantes, mi hermana tenía muchos pretendientes. B prefiere no contestar (el hermano de X, a su parecer, no ha entendido nada) y ambos permanecen en silencio hasta llegar a casa.

En el ascensor B siente deseos de vomitar. Lo dice: voy a vomitar. Aguántate, dice el hermano de X. Luego caminan aprisa por el pasillo, el hermano de X abre la puerta y B entra disparado buscando el cuarto de baño. Pero al llegar allí ya no tiene ganas de vomitar. Está sudando y le duele el estómago, pero no puede vomitar. El inodoro, con la tapa levantada, le parece una boca toda encías riéndose de él. O riéndose de alguien, en todo caso. Después de lavarse la cara se mira en el espejo: su rostro está blanco como una hoja de papel. Lo que resta de noche apenas puede dormir y se lo pasa intentando leer y escuchando los ronquidos del hermano de X. Al día siguiente se despiden y B vuelve a Barcelona. Nunca más visitaré esta ciudad, piensa, porque X ya no está aquí.

Una semana después el hermano de X lo llama por teléfono para decirle que la policía ha cogido al asesino. El tipo molestaba a X, dice el hermano, con llamadas anónimas. B no responde. Un antiguo enamorado, dice el hermano de X. Me alegra saberlo, dice B, gracias por llamarme. Luego el hermano de X cuelga y B se queda solo.

2. Detectives

EL GUSANO

Parecía un gusano blanco, con su sombrero de paja y un Bali colgándole del labio inferior. Todas las mañanas lo veía sentado en un banco de la Alameda mientras yo me metía en la Librería de Cristal a hojear libros. Cuando levantaba la cabeza, a través de las paredes de la librería que en efecto eran de cristal, ahí estaba él, quieto, entre los árboles, mirando el vacío.

Supongo que terminamos acostumbrándonos el uno al otro. Yo llegaba a las ocho y media de la mañana y él ya estaba allí, sentado en un banco, sin hacer nada más que fumar y tener los ojos abiertos. Nunca lo vi con un periódico, con una torta, con una cerveza, con un libro. Nunca lo vi hablar con nadie. En una ocasión, mientras lo miraba desde los estantes de literatura francesa, pensé que dormía en la Alameda, sobre un banco o en los portales de alguna de las calles próximas, pero luego conjeturé que iba demasiado limpio para dormir en la calle y que seguramente se alojaba en alguna pensión cercana. Era, constaté, un animal de costumbres, igual que yo. Mi rutina consistía en ser levantado temprano, desayunar con mi madre, mi padre y mi hermana, fingir que iba al colegio y tomar un camión que me dejaba en el centro, donde dedicaba la primera parte de la mañana a los libros y a pasear y la segunda al cine y de una manera menos explícita al sexo.

Los libros los solía comprar en la Librería de Cristal y en la Librería del Sótano. Si tenía poco dinero en la primera, donde siempre había una mesa con saldos, si tenía suficiente en la última, que era la que tenía las novedades. Si no tenía dinero, como sucedía a menudo, los solía robar indistintamente en una u otra. Se diera el caso que se diera, no obstante, mi paso por la Librería de Cristal y por la del Sótano (enfrente de la Alameda y ubicada, como su nombre lo indica, en un sótano) era obligado. A veces llegaba antes que los comercios abrieran y entonces lo que hacía era buscar a un vendedor ambulante, comprarme una torta de jamón y un jugo de mango y esperar. A veces me sentaba en un banco de la Alameda, uno oculto entre la hojarasca, y escribía. Todo esto duraba aproximadamente hasta las diez de la mañana, hora en que comenzaban en algunos cines del centro las primeras funciones matinales. Buscaba películas europeas, aunque algunas mañanas de inspiración no discriminaba el nuevo cine erótico mexicano o el nuevo cine de terror mexicano, que para el caso era lo mismo.

La que más veces vi creo que era francesa. Trataba de dos chicas que viven solas en una casa de las afueras. Una era rubia y la otra pelirroja. A la rubia la ha dejado el novio y al mismo tiempo (al mismo tiempo del dolor, quiero decir) tiene problemas de personalidad: cree que se está enamorando de su compañera. La pelirroja es más joven, es más inocente, es más irresponsable; es decir, es más feliz (aunque yo por entonces era joven, inocente e irresponsable y me creía profundamente desdichado). Un día, un fugitivo de la justicia entra subrepticiamente en su casa y las secuestra. Lo curioso es que el allanamiento tiene lugar precisamente la noche en que la rubia, tras hacer el amor con la pelirroja, ha decidido suicidarse. El fugitivo se introduce por una ventana, navaja en mano recorre con sigilo la casa, llega a la habitación de la pelirroja, la reduce, la ata, la interroga, pregunta cuántas personas más viven allí, la pelirroja dice que sólo ella y la rubia, la amordaza. Pero la rubia no está en su habitación y el fugitivo comienza a recorrer la casa, cada minuto que pasa más nervioso, hasta que finalmente encuentra a la rubia tirada en el sótano, desvanecida, con síntomas inequívocos de haberse tragado todo el botiquín. El fugitivo no es un asesino, en todo caso no es un asesino de mujeres, y salva a la rubia: la hace vomitar, le prepara un litro de café, la obliga a beber leche, etc.

Pasan los días y las mujeres y el fugitivo comienzan a intimar. El fugitivo les cuenta su historia: es un ex ladrón de bancos, un ex presidiario, sus ex compañeros han asesinado a su esposa. Las mujeres son artistas de cabaret y una tarde o una noche, no se sabe, viven con las cortinas cerradas, le hacen una representación: la rubia se enfunda en una magnífica piel de oso y la pelirroja finge que es la domadora. Al principio el oso obedece, pero luego se rebela y con sus garras va despojando poco a poco a la pelirroja de sus vestidos. Finalmente, ya desnuda, ésta cae derrotada y el oso se le echa encima. No, no la mata, le hace el amor. Y aquí viene lo más curioso: el fugitivo, después de contemplar el número, no se enamora de la pelirroja sino de la rubia, es decir del oso.

El final es predecible pero no carece de cierta poesía: una noche de lluvia, después de matar a sus dos ex compañeros, el fugitivo y la rubia huyen con destino incierto y la pelirroja se queda sentada en un sillón, leyendo, dándoles tiempo antes de llamar a la policía. El libro que lee la pelirroja, me di cuenta la tercera vez que vi la película, es *La caída*, de Camus. También vi algunas mexicanas más o menos del mismo estilo: mujeres que eran secuestradas por tipos patibularios pero en el fondo buenas personas, fugitivos que secuestraban a señoras ricas y jóvenes y que al final de una noche de pasión eran cosidos a balazos, hermosas empleadas del hogar que empezaban desde cero y que tras pasar por todos los estadios del crimen accedían a las más altas cotas de riqueza y poder. Por entonces casi todas las películas que salían de los Estudios Churubusco eran *thrillers* eróticos, aunque tampoco escaseaban las películas de terror erótico y las de humor erótico. Las de terror seguían la línea clásica del terror mexicano establecida en los cincuenta y que estaba tan enraizada en el país como la escuela muralista. Sus iconos oscilaban entre el Santo, el Científico Loco, los Charros Vampiros y la Inocente, aderezada con modernos desnudos interpretados preferiblemente por desconocidas actrices norteamericanas, europeas, alguna argentina, escenas de sexo más o menos solapado y una crueldad en los límites de lo risible y de lo irremediable. Las de humor erótico no me gustaban.

Una mañana, mientras buscaba un libro en la Librería del Sótano, vi que estaban filmando una película en el interior de la Alameda y me acerqué a curiosear. Reconocí de inmediato a Jaqueline Andere. Estaba sola y miraba la cortina de árboles que se alzaba a su izquierda casi sin moverse, como si esperara una señal. A su alrededor se levantaban varios focos de iluminación. No sé por qué se me pasó por la cabeza la idea de pedirle un autógrafo, nunca me han interesado. Esperé a que acabara de filmar. Un tipo se acercó a ella y hablaron (¿Ignacio López Tarso?), el tipo gesticuló con enojo y luego se alejó por uno de los caminos de la Alameda y tras dudar unos segundos Jaqueline Andere se alejó por otro. Venía directamente hacia mí. Yo también me puse a andar y nos encontramos a medio camino. Fue una de las cosas más sencillas que me han ocurrido: nadie me detuvo, nadie me dijo nada, nadie se interpuso entre Jaqueline y yo, nadie me preguntó qué estaba haciendo allí. Antes de cruzarnos Jaqueline se detuvo y volvió la cabeza hacia el equipo de filmación, como si escuchara algo, aunque ninguno de los técnicos le dijo nada. Después siguió caminando con el mismo aire de despreocupación en dirección al Palacio de Bellas Artes y lo único que tuve que hacer fue detenerme, saludarla, pedirle un autógrafo, ocultar mi sorpresa al constatar su baja estatura que ni siquiera los zapatos con tacón de aguja lograban disimular. Por un momento, tan solos estábamos, pensé que hubiera podido secuestrarla. La mera probabilidad me erizó los pelos de la nuca. Ella me miró de abajo hacia arriba, el pelo rubio con una tonalidad ceniza que yo desconocía (puede que se lo hubiera teñido), los ojos marrones almendrados muy grandes y muy dulces, pero no, dulces no es la palabra, tranquilos, de una tranquilidad pasmosa, como si estuviera drogada o tuviera el encefalograma plano o fuera una extraterrestre, y me dijo algo que no entendí.

La pluma, dijo, la pluma para firmar. Busqué en el bolsillo de mi chamarra un bolígrafo e hice que me firmara la primera página de *La caída*. Me arrebató el libro y lo estuvo mirando durante unos segundos. Sus manos eran pequeñas y muy delgadas. ¿Cómo firmo, dijo, como Albert Camus o como Jaqueline Andere? Como tú quieras, dije. Aunque no levantó la cara del libro noté que sonreía. ¿Eres estudiante?, dijo. Contesté afirmativamente. ¿Y qué haces aquí en vez de estar en clases? Creo que nunca más volveré a la escuela, dije. ¿Qué edad tienes?, dijo ella. Dieciséis, dije. ¿Y tus papás saben que no vas a clases? No, claro que no, dije. No me has contestado una pregunta, dijo ella levantando la mirada y posándola sobre mis ojos. ¿Qué pregunta?, dije yo. ¿Qué haces aquí? Cuando yo era joven, añadió, los novillos se hacían en los billares o en las boleras. Leo libros y voy al cine, dije. Además, yo no hago novillos. Ya, tú desertas, dijo. Esta vez fui yo el que sonreí. ¿Y qué películas se ven a esta hora?, dijo ella. De todas, dije yo, algunas tuyas. Eso pareció no gustarle. Volvió a mirar el libro, se mordió el labio inferior, me miró y parpadeó como si le dolieran los ojos. Después me preguntó mi nombre. Bueno, pues firmemos, dijo. Era zurda. Su letra era grande y poco clara. Me tengo que ir, dijo alargándome el libro y el bolígrafo. Me dio la mano, nos la estrechamos y se alejó por la Alameda de vuelta hacia donde estaba el equipo de rodaje. Me quedé quieto, mirándola, dos mujeres se le acercaron unos cincuenta metros más allá, iban vestidas como monjas misioneras, dos monjas mexicanas misioneras que se llevaron a Jaqueline hasta quedar debajo de un ahuehuete. Después se les acercó un hombre, hablaron, después los cuatro se alejaron por una de las sendas de salida de la Alameda.

En la primera página de *La caída*, Jaqueline escribió: «Para Arturo Belano, un estudiante liberado, con un beso de Jaqueline Andere.»

De golpe me encontré sin ganas de librerías, sin ganas de paseos, sin ganas de lecturas, sin ganas de cines matinales (sobre todo sin ganas de cines matinales). La proa de una nube enorme apareció sobre el centro del D.F., mientras por el norte de la ciudad resonaban los primeros truenos. Comprendí que la película de Jaqueline se había interrumpido por la proximidad inminente de la lluvia y me sentí solo. Durante unos segundos no supe qué hacer, hacia dónde ir. Entonces el Gusano me saludó. Supongo que después de tantos días él también se había fijado en mí. Me volví y allí estaba, sentado en el mismo banco de siempre, nítido, absolutamente real con su sombrero de paja y su camisa blanca. Al marcharse los técnicos cinematográficos, comprobé asustado, el escenario había experimentado un cambio sutil pero determinante: era como si el mar se hubiera abierto y pudiera ahora ver el fondo marino. La Alameda vacía era el fondo marino y el Gusano su joya más preciada. Lo saludé, seguramente hice alguna observación banal, se puso a diluviar, abandonamos juntos la Alameda en dirección a la avenida Hidalgo y luego caminamos por Lázaro Cárdenas hasta Perú.

Lo que sucedió después es borroso, como visto a través de la lluvia que barría las calles, y al mismo tiempo de una naturalidad extrema. El bar se llamaba Las Camelias y estaba lleno de mariachis y vicetiples. Yo pedí enchiladas y una TKT, el Gusano una Coca-Cola y más tarde (pero no debió de ser mucho más tarde) le compró a un vendedor ambulante tres huevos de caguama. Quería hablar de Jaqueline Andere. No tardé en comprender, maravillado, que el Gusano no sabía que aquella mujer era una actriz de cine. Le hice notar que precisamente estaba filmando una película, pero el Gusano simplemente no recordaba a los técnicos ni los aparejos desplegados para la filmación. La presencia de Jaqueline en el sendero en donde se hallaba su banco había borrado todo lo demás. Cuando dejó de llover el Gusano sacó un fajo de billetes del bolsillo trasero, pagó y se fue.

Al día siguiente nos volvimos a ver. Por la expresión que puso al verme pensé que no me reconocía o que no quería saludarme. De todos modos me acerqué. Parecía dormido aunque tenía los ojos abiertos. Era flaco, pero sus carnes, excepto los brazos y las piernas, se adivinaban blandas, incluso fofas, como las de los deportistas que ya no hacen ejercicios. Su flaccidez, pese a todo, era más de orden moral que físico. Sus huesos eran pequeños y fuertes. Pronto supe que era del norte o que había vivido mucho tiempo en el norte, que para el caso es lo mismo. Soy de Sonora, dijo. Me pareció curioso, pues mi abuelo también era de allí. Eso interesó al Gusano y quiso saber de qué parte de Sonora. De Santa Teresa, dije. Yo de Villaviciosa, dijo el Gusano. Una noche le pregunté a mi padre si conocía Villaviciosa. Claro que la conozco, dijo mi padre, está a pocos kilómetros de Santa Teresa. Le pedí que me la describiera. Es un pueblo muy pequeño, dijo mi padre, no debe tener más de mil habitantes (después supe que no llegaban a quinientos), bastante pobre, con pocos medios de subsistencia, sin una sola industria. Está destinado a desaparecer, dijo mi padre. ¿Desaparecer cómo?, le pregunté. Por la emigración, dijo mi padre, la gente se va a ciudades como Santa Teresa o Hermosillo o a Estados Unidos. Cuando se lo dije al Gusano éste no estuvo de acuerdo, aunque en realidad la frase «estar de acuerdo» o «estar en desacuerdo» para él no tenían ningún significado. El Gusano no discutía nunca, tampoco expresaba opiniones, no era un dechado de respeto por los demás, simplemente escuchaba y almacenaba, o tal vez sólo escuchaba y después olvidaba, atrapado en una órbita dis-

77

tinta a la de la otra gente. Su voz era suave y monocorde aunque a veces subía el tono y entonces parecía un loco que imitara a un loco y yo nunca supe si lo hacía a propósito, como parte de un juego que sólo él comprendía, o si no lo podía evitar y aquellas salidas de tono eran parte del infierno. Cifraba su seguridad en la pervivencia de Villaviciosa en la antigüedad del pueblo; también, pero eso lo comprendí más tarde, en la precariedad que lo rodeaba y lo carcomía, aquello que según mi padre amenazaba su misma existencia.

No era un tipo curioso aunque pocas cosas se le pasaban por alto. Una vez miró los libros que yo llevaba, uno por uno, como si le costara leer o como si no supiera. Después nunca más volvió a interesarse por mis libros aunque cada mañana yo aparecía con uno nuevo. A veces, tal vez porque de alguna manera me consideraba un paisano, hablábamos de Sonora, que yo apenas conocía: sólo había ido una vez, para el funeral de mi abuelo. Nombraba pueblos como Nacozari, Bacoache, Fronteras, Villa Hidalgo, Bacerac, Bavispe, Agua Prieta, Naco, que para mí tenían las mismas cualidades del oro. Nombraba aldeas perdidas en los departamentos de Nacori Chico y Bacadéhuachi, cerca de la frontera con el estado de Chihuahua, y entonces, no sé por qué, se tapaba la boca como si fuera a estornudar o a bostezar. Parecía haber caminado y dormido en todas las sierras: la de Las Palomas y La Cieneguita, la sierra Guijas y la sierra La Madera, la sierra San Antonio y la sierra Cibuta, la sierra Tumacacori y la sierra Sierrita bien entrado en el territorio de Arizona, la sierra Cuevas y la sierra Ochitahueca en el noreste junto a Chihuahua, la sierra La Pola y la sierra Las Tablas en el sur, camino de Sinaloa, la sierra La Gloria y la sierra El Pinacate en dirección noroeste, como quien va a Baja California. Conocía toda Sonora, desde Huatabampo y Empalme, en la costa del Golfo de California, hasta los villorrios perdidos en el desierto. Sabía hablar la lengua yaqui y la pápago (que circulaba libremente entre los lindes de Sonora y Arizona) y podía entender la seri, la pima, la mayo y la inglesa. Su español era seco, en ocasiones con un ligero aire impostado que sus ojos contradecían. He dado vueltas por las tierras de tu abuelo, que en paz descanse, como una sombra sin asidero, me dijo una vez.

Cada mañana nos encontrábamos. A veces intentaba hacerme el distraído, tal vez reanudar mis paseos solitarios, mis sesiones de cine matinales, pero él siempre estaba allí, sentado en el mismo banco de la Alameda, muy quieto, con el Bali colgándole de los labios y el sombrero de paja tapándole la mitad de la frente (su frente de gusano blanco) y era inevitable que yo, sumergido entre las estanterías de la Librería de Cristal, lo viera, me quedara un rato contemplándolo y al final acudiera a sentarme a su lado.

No tardé en descubrir que iba siempre armado. Al principio pensé que tal vez fuera policía o que lo perseguía alguien, pero resultaba evidente que no era policía (o que al menos ya no lo era) y pocas veces he visto a nadie con una actitud más despreocupada con respecto a la gente: nunca miraba hacia atrás, nunca miraba hacia los lados, raras veces miraba el suelo. Cuando le pregunté por qué iba armado el Gusano me contestó que por costumbre y yo le creí de inmediato. Llevaba el arma en la espalda, entre el espinazo y el pantalón. ¿La has usado muchas veces?, le pregunté. Sí, muchas veces, dijo como en sueños. Durante algunos días el arma del Gusano me obsesionó. A veces la sacaba, le quitaba el cargador y me la pasaba para que la examinara. Parecía vieja y pesada. Generalmente yo se la devolvía al cabo de pocos segundos, rogándole que la guardara. A veces me daba reparo estar sentado en un banco de la Alameda conversando (o monologando) con un hombre armado, no por lo que él pudiera hacerme pues desde el primer instante supe que el Gusano y yo siempre seríamos amigos, sino por temor a que nos viera la policía del D.F., por miedo a que nos cachearan y descubrieran el arma del Gusano y termináramos los dos en algún oscuro calabozo.

Una mañana se enfermó y me habló de Villaviciosa. Lo vi desde la Librería de Cristal y me pareció igual que siempre, pero al acercarme a él observé que la camisa estaba arrugada, como si hubiera dormido con ella puesta. Al sentarme a su lado noté que temblaba. Poco después los temblores fueron en aumento. Tienes fiebre, dije, tienes que meterte en la cama. Lo acompañé, pese a sus protestas, hasta la pensión donde vivía. Acuéstate, le dije. El Gusano se sacó la camisa, puso la pistola debajo de la almohada y pareció quedarse dormido en el acto, aunque con los ojos abiertos fijos en el cielorraso. En la habitación había una cama estrecha, una mesilla de noche, un ropero desvencijado. En el interior del ropero vi tres camisas blancas como la que se acababa de quitar perfectamente dobladas y dos pantalones del mismo color colgados de sendas perchas. Debajo de la cama distinguí una maleta de cuero de excelente calidad, de aquellas que tenían una cerradura como de caja fuerte. No vi ni un solo periódico, ni una sola revista. La habitación olía a desinfectante, igual que las escaleras de la pensión. Dame dinero para ir a una farmacia a comprarte algo, dije. Me dio un fajo de billetes que sacó del bolsillo de su pantalón y volvió a quedarse inmóvil. De vez en cuando un escalofrío lo recorría de la cabeza a los pies como si se fuera a morir. Pero sólo de vez en cuando. Por un momento pensé que tal vez lo mejor sería llamar a un médico, pero comprendí que eso al Gusano no le iba a gustar. Cuando volví, cargado de medicinas y botellas de Coca-Cola, se había dormido. Le di una dosis de caballo de antibióticos y unas pastillas para bajarle la fiebre. Luego hice que se bebiera medio litro de Coca-Cola. También había comprado un *pancake*, que dejé en el velador por si más tarde tenía hambre. Cuando ya me disponía a irme, él abrió los ojos y se puso a hablar de Villaviciosa.

A su manera, fue pródigo en detalles. Dijo que el pueblo no tenía más de sesenta casas, dos cantinas, una tienda de comestibles. Dijo que las casas eran de adobe y que algunos patios estaban encementados. Dijo que de los patios escapaba un mal olor que a veces resultaba insoportable. Dijo que resultaba insoportable para el alma, incluso para la carencia de alma, incluso para la carencia de sentidos. Dijo que por eso algunos patios estaban encementados. Dijo que el pueblo tenía entre dos mil y tres mil años y que sus naturales trabajaban de asesinos y de vigilantes. Dijo que un asesino no perseguía a un asesino, que cómo iba a perseguirlo, que eso era como si una serpiente se mordiera la cola. Dijo que existían serpientes que se mordían la cola. Dijo que incluso había serpientes que se tragaban enteras y que si uno veía a una serpiente en el acto de autotragarse más valía salir corriendo pues al final siempre ocurría algo malo, como una explosión de la realidad. Dijo que cerca del pueblo pasaba un río llamado Río Negro por el color de sus aguas y que éstas al bordear el cementerio formaban un delta que la tierra seca acababa por chuparse. Dijo que la gente a veces se quedaba largo rato contemplando el horizonte, el sol que desaparecía detrás del cerro El Lagarto, y que el horizonte era de color carne, como la espalda de un moribundo. ¿Y qué esperan que aparezca por allí?, le pregunté. Mi propia voz me espantó. No lo sé, dijo. Luego dijo: una verga. Y luego: el viento y el polvo, tal vez. Después pareció tranquilizarse y al cabo de un rato creí que estaba dormido. Volveré mañana, murmuré, tómate las medicinas y no te levantes.

Me marché en silencio.

A la mañana siguiente, antes de ir a la pensión del Gusano, pasé un rato, como siempre, por la Librería de Cristal. Cuando me disponía a salir, a través de las paredes transparentes, lo vi. Estaba sentado en el mismo banco de siempre, con una camisa blanca holgada y limpia y unos pantalones blancos inmaculados. La mitad de la cara se la tapaba el sombrero de paja y un Bali le colgaba del labio inferior. Miraba al frente, como en él era usual, y parecía sano. Ese mediodía, al separarnos, me alargó con un gesto hosco varios billetes y dijo algo acerca de las molestias que yo había tenido el día anterior. Era mucho dinero. Le dije que no me debía nada, que hubiera hecho lo mismo por cualquier amigo. El Gusano insistió en que cogiera el dinero. Así podrás comprar algunos libros, dijo. Tengo muchos, contesté. Así dejarás de robar libros por algún tiempo, dijo. Al final le quité el dinero de las manos. Ha pasado mucho tiempo, ya no recuerdo la cifra exacta, el peso mexicano se ha devaluado muchas veces, sólo sé que me sirvió para comprarme veinte libros y dos discos de los Doors y que para mí esa cantidad era una fortuna. Al Gusano no le faltaba el dinero.

Nunca más me volvió a hablar de Villaviciosa. Durante un mes y medio, tal vez dos meses, nos vimos cada mañana y nos despedimos cada mediodía, cuando llegaba la hora de comer y yo volvía en el camión de la Villa o en un pesero rumbo a mi casa. Alguna vez lo invité al cine, pero el Gusano nunca quiso ir. Le gustaba hablar conmigo sentados en su banco de la Alameda o paseando por las calles de los alrededores y de vez en cuando condescendía a entrar en un bar en donde siempre buscaba al vendedor ambulante de huevos de caguama. Nunca lo vi probar alcohol. Pocos días antes de que desapareciera para siempre le dio por hacerme hablar de Jaqueline Andere. Comprendí que era su manera de recordarla. Yo hablaba de su pelo rubio ceniza y lo comparaba favorable o desfavorablemente con el pelo rubio amielado que lucía en sus películas y el Gusano asentía levemente, la vista clavada al frente, como si tuviera a Jaqueline Andere en la retina o como si la viera por primera vez. Una vez le pregunté qué clase de mujeres le gustaban. Era una pregunta estúpida, hecha por un adolescente que sólo quería matar el tiempo. Pero el Gusano se la tomó al pie de la letra y durante mucho rato estuvo cavilando la respuesta. Al final dijo: tranquilas. Y después añadió: pero sólo los muertos están tranquilos. Y al cabo de un rato: ni los muertos, bien pensado.

Una mañana me regaló una navaja. En el mango de hueso se podía leer la palabra «Caborca» escrita en finas letras de alpaca. Recuerdo que le di las gracias efusivamente y que aquella mañana, mientras platicábamos en la Alameda o mientras paseábamos por las concurridas calles del centro, estuve abriendo y cerrando la hoja, admirando la empuñadura, tentando su peso en la palma de mi mano, maravillado de sus proporciones tan justas. Por lo demás, aquel día fue idéntico a todos los otros. A la mañana siguiente el Gusano ya no estaba.

Dos días después lo fui a buscar a su pensión y me dijeron que se había marchado al norte. Nunca más lo volví a ver.

Lo conocí en un bar de la calle Tallers, en Barcelona, hará unos cinco años. Cuando supo que yo era chileno se acercó a saludarme, él también había nacido por aquellas lejanías.

Tenía más o menos mi edad, treinta y pico, y bebía bastante aunque nunca lo vi borracho. Se llamaba Rogelio Estrada. Era delgado, de estatura más bien tirando a baja, moreno. Su sonrisa parecía permanentemente instalada entre el asombro y la malicia, pero con el tiempo descubrí que era mucho más inocente de lo que pretendía. Una noche fui al bar con un grupo de amigos catalanes. Nos pusimos a hablar de libros. Rogelio se acercó a nuestra mesa y dijo que el más grande escritor de este siglo era, sin duda, Mijaíl Bulgákov. Alguno de los catalanes había leído *El maestro y Margarita* y *La novela teatral*, pero Rogelio citó otras obras del insigne novelista, creo recordar que más de diez, y las citó en ruso. Mis amigos y yo pensamos que bromeaba y pronto estábamos hablando de otras cosas. Una noche me invitó a su casa y no sé por qué lo acompañé. Vivía en una calle cercana, a pocos metros de un cine de ínfima categoría que los niños del barrio llamaban el cine fantasma. La casa era vieja y estaba llena de muebles que no le pertenecían. Nos sentamos en la sala, Rogelio puso un disco, una música horrible y desmesurada en permanente crescendo, y después llenó dos vasos de vodka. Sobre un estante, la foto de una muchacha en un marco de plata presidía la sala. El resto de los adornos eran banales: tarjetas postales de diferentes países europeos, un banderín muy viejo del Colo-Colo, otro de la Universidad de Chile, un tercero del Santiago Morning, también muy viejos y manoseados. ¿Bonita, verdad?, dijo Rogelio señalando a la muchacha del marco de plata. Sí, muy bonita, contesté. Luego volví a sentarme y estuvimos bebiendo un rato en silencio. Cuando Rogelio por fin habló la botella estaba casi vacía. Primero hay que vaciar la botella, dijo, luego el alma. Me encogí de hombros. Aunque yo, añadió, como es natural, no creo en el alma. Pero la cuestión fundamental es el tiempo, ¿verdad? ¿Tienes tiempo para escuchar mi historia? Depende de la historia, dije, pero creo que sí. No va a ser muy larga, dijo Rogelio. Luego se levantó, cogió la foto del marco de plata, se sentó frente a mí con la foto acunada en el brazo izquierdo y un vaso de vodka en el derecho y dio comienzo a su relato:

Mi infancia fue feliz y no tiene nada que ver con lo que después ha sido mi vida. Las cosas comenzaron a torcerse durante la adolescencia. Yo vivía en Santiago y según mi padre estaba destinado a convertirme en un delincuente juvenil. Mi padre, por si aún no lo sabes (y no veo por qué tendrías que saberlo), era José Estrada Martínez, alias el Guatón Estrada, uno de los principales dirigentes del Partido Comunista de Chile. Mi familia era proletaria, con conciencia de clase, luchadora, y con una honradez a prueba de fuego. Yo a los trece años robé una bicicleta. Con eso me parece que te explico todo. Me pillaron al cabo de dos días y recibí una tunda que para qué te cuento. A los catorce empecé a fumar marihuana que cultivaban en los faldeos cordilleranos unos amigos del barrio. Mi padre, por entonces, tenía un alto puesto en el gobierno de Allende y su preocupación mayor, pobre viejo, era que la prensa momia desvelase los afanes en que andaba metido su primogénito. A los quince robé un auto. No me pillaron (aunque ahora sé que era cosa de darle un poco más de tiempo a los canas) porque al cabo de pocos días ocurrió el golpe de Estado y mi familia entera se asiló en la embajada de la Unión Soviética. Para qué te voy a contar cómo fueron los días que pasé en la embajada. Horribles. Yo dormía en el pasillo y estaba intentando tirarle los tejos a la hija de un camarada de mi padre, pero aquella gente se lo pasaba todo el día cantando la *Internacional* o el *No pasarán*. En fin, un ambiente deplorable, como de fiesta de canutos.

En los primeros meses de 1974 llegamos a Moscú. Yo, si te he de ser sincero, estaba feliz, una ciudad nueva, las rusitas rubias y de ojos azules, el viaje en avión, Europa, una nueva cultura. La realidad fue bien diferente. Moscú se parecía a Santiago, pero más tranquilo, más grande y con un invierno a lo bestia. Al principio me metieron en una escuela en donde se hablaba mitad castellano y mitad ruso. Al cabo de dos años ya iba a una escuela normal, hablaba un ruso pasable y me aburría como una ostra. Entré en la Universidad gracias a las palancas, supongo, porque la verdad es que estudiaba poco. El primer año me matriculé en Medicina, hice un semestre y me retiré, la medicina no era para mí. De aquellos días en la Facultad, no obstante, guardo un buen recuerdo: allí hice mi primer amigo, es decir el primero que no era un chileno asilado como yo. Se llamaba Jimmy Fodeba y era natural de la República Centroafricana, que como su nombre indica está en el medio de África. El padre de Jimmy era comunista como mi padre y, como mi padre también, estaba perseguido. Jimmy era bastante inteligente pero en el fondo era igual que yo. Es decir le gustaba trasnochar, le gustaba el trago, fumarse un pitillo de vez en cuando, le gustaban las mujeres. Al poco tiempo éramos uña y mugre. El mejor amigo que he tenido si descuento a los de la patota de Santiago, que se quedaron allá y a los que probablemente nunca más voy a ver, aunque quién sabe, ¿verdad? Bueno, el caso es que Jimmy y yo sumamos nuestras fuerzas –y nuestros deseos, y también, por qué no, nuestras necesidades– y a partir de entonces ya no fuimos dos asilados más bien solitarios y perdidos sino dos lobos sueltos por las calles de Moscú y allí donde no se atrevía uno se atrevía el otro y así, poco a poco (poco a poco porque Jimmy a veces tenía que estudiar, él sí que era un buen estudiante), nos fuimos haciendo una idea general de la ciudad en la que probablemente íbamos a vivir durante mucho tiempo. No me voy a extender en nuestras aventuras juveniles, sólo te diré que al cabo de un año sabíamos dónde encontrar un poco de hierba, algo que aquí y ahora no parece nada difícil pero que en Moscú y en aquel tiempo era toda una odisea. Por entonces yo había intentado estudiar Literatura Latinoamericana, Literatura Rusa, Técnicas de Radiodifusión, Técnicas de Conservación de Alimentos, en fin, todo, y ya fuera porque me aburría o porque no ponía atención a las clases o porque simplemente no asistía a éstas, que era básicamente lo que de verdad ocurría, el caso es que en todo había fracasado y un buen día mi padre me amenazó con mandarme a trabajar a una fábrica en Siberia, pobre viejo, él era así.

Y ése fue el motivo por el que entré en la Escuela de Educación Física, a la que algunos rusos optimistas llamaban Escuela Superior de Educación Física, y en esta ocasión aguanté el tipo hasta sacarme el diploma. Sí, compañero, aquí donde me ve soy profesor de gimnasia. De los malos, por supuesto, sobre todo si me comparo con algunos rusos, pero profesor de gimnasia al fin y al cabo. Cuando le entregué el diploma a mi padre, al viejo se le cayeron las lágrimas de la emoción. Yo creo que ahí se acabó mi adolescencia.

Por aquella época yo me hacía llamar Roger Strada. Siempre andaba metido en problemas, mis amistades no eran lo que se suele llamar buenas personas y yo mismo era malo con ganas, como si estuviera lleno de rencor y no supiera cómo sacármelo de encima. Trabajaba de ayudante de un entrenador deportivo, un tipo de una categoría moral sorprendente y paradójica (tal como a mí me convenía) que se dedicaba a buscar nuevos atletas en las secundarias, y la mayor parte del tiempo me la pasaba en fiestas, arreglines, negocios turbios que me permitían redondear el sueldo. Mi jefe se llamaba Pultakov. Estaba divorciado y vivía en un pisito minúsculo de la calle Leliushenko, a la altura de la plaza Rogachev. Como ya te he dicho, yo era malo con ganas y Jimmy Fodeba también era malo y los que nos conocían bien sabían que éramos malos (yo creo que me puse Roger, al menos al principio, por un mero afán de simetría con Jimmy y porque en el fondo me sentía una especie de gángster neoitaliano), pero Pultakov era malo de verdad y con el tiempo y el trato diario yo empecé a aprender todos los trucos, todas las depravaciones, todos los vicios de él. Mi padre vivía en un Moscú de papeles y memorándums, el Moscú de los burócratas, con órdenes, contraórdenes, temas del día, rencillas internas, odios internos, un Moscú ideal. Yo vivía en un Moscú de droga y prostitución, mercado negro y alegría, amenazas y crímenes. Los dos Moscús se solían tocar, a veces, en ciertas esferas, incluso se confundían, pero por regla general eran dos ciudades distintas que se ignoraban mutuamente. Con Pultakov me inicié en el mundo de las apuestas deportivas. Apostábamos con dinero ajeno, por supuesto, pero también con dinero nuestro. Fútbol, hockey, basketball, box, incluso campeonatos de esquí, deporte al que yo nunca le vi la gracia, todo lo tocábamos. Y conocí gente. Gente de toda clase. En general, tipos simpáticos, delincuentes de poca monta, como yo mismo, aunque a veces conocí a criminales de verdad, tipos dispuestos a todo o tipos que *en algún momento* estarían dispuestos a todo. Por instinto de supervivencia, con esta gente procuraba no intimar. Carne de presidio o de cloaca. Gente que conseguía atemorizar a Pultakov y que a Jimmy y a mí nos causaba pavor. Salvo uno, que tenía nuestra edad y al que no sé por qué yo le caí en gracia. Este tipo se llamaba Misha Semiónovich Pavlov y era una especie de mago del hampa moscovita. Pultakov y yo le suministrábamos informes deportivos para sus apuestas y de vez en cuando el tal Misha Pavlov nos invitaba a su casa, siempre una diferente, todas más pobres que la de Pultakov o que la mía, generalmente en las zonas obreras del extrarradio noreste de Moscú, en los antiguos barrios de Poluboiárov, Victoria, Mercado Viejo. A Pultakov no le gustaba (bueno, a Pultakov no le gustaba casi nadie) y procuraba tener el mínimo trato con Pavlov, pero yo siempre he sido un ingenuo y su aureola de niño prodigio del hampa más las deferencias que solía tener conmigo, a veces me regalaba un pollo o una botella de vodka o un par de zapatos, terminaron por conquistarme y me entregué a él en cuerpo y alma, como suele decirse.

Y así fueron pasando los años, mi familia volvió a Chile excepto mi hermana menor que se casó con un ruso, mi padre murió en Santiago y tuvo unos funerales muy bonitos según me escribieron, Jimmy Fodeba continuó viviendo en Moscú y trabajando en un hospital (su padre volvió a la República Centroafricana, donde lo mataron) y Pultakov y yo seguimos juntos moviéndonos como dos ratas por los gimnasios e instalaciones deportivas. Llegó la democracia (aunque a mí la política siempre me ha dejado indiferente), se acabó la Unión Soviética, llegó la libertad, llegaron las mafias. Moscú se convirtió en una ciudad bonita y alegre, con esa alegría feroz tan propia de los rusos. Pero para comprender esto hay que conocer el alma eslava y tú, con todos los libros que has leído, me parece que no la conoces. De pronto todo se nos hizo demasiado grande para nosotros. Pultakov, que en el fondo era estalinista (algo que nunca entenderé porque con Stalin seguramente hubiera acabado en Siberia), añoraba los viejos tiempos. Yo, por el contrario, me amoldé a la nueva situación y decidí ahorrar dinero, ahora que se podía, para marcharme de allí de una vez por todas y empezar a conocer el mundo, Europa, África, que pese a mi edad, ya tenía más de treinta y estaba lo que se dice talludito, imaginaba como el reino de la aventura, una frontera sin límites, un nuevo cuento infantil en donde podría empezar de nuevo, ser feliz, encontrarme a mí mismo como decíamos los cabros de Santiago de 1973. Así fue como me hice, casi sin darme cuenta, empleado fijo de Misha Pavlov. Éste, por supuesto, se había vuelto poderoso y rico. Por aquel entonces lo apodaban Billy el Niño. No me preguntes por qué. Billy el Niño era rápido con el revólver, Misha no sacaba con rapidez ni su tarjeta de crédito; Billy el Niño era valiente y por las películas que he visto ágil y delgado, Misha también era valiente, pero gordo como un buda (incluso para los criterios rusos) e incapaz del menor ejercicio físico. Seguí como corredor de apuestas, pero pronto comencé a hacerle otro tipo de trabajos. A veces me mandaba a ver a un jugador que yo conocía con un fajo de billetes para perder el partido. En cierta ocasión llegué a sobornar a medio equipo de fútbol, uno por uno, halagando a los más sensibles y amenazando veladamente a los más remisos. Otras veces me encargaba convencer a otros apostadores para que se retiraran del juego o no hicieran olas. Pero la mayor parte del tiempo mi labor consistía en proporcionar informes sobre deportistas, uno detrás de otro, aparentemente sin sentido alguno, que el informático de Pavlov metía incansablemente dentro de su computadora.

Sin embargo aún había otra cosa que yo hacía. La mayoría de las queridas de los gángsters moscovitas eran cabareteras, actrices o aspirantes, muchachas que se dedicaban al strip-tease. Era lo normal, así ha sido siempre. Pero a Pavlov lo que le gustaba eran las atletas, las que se dedicaban al salto de longitud, las corredoras de corta y media distancia, las de triple salto, de vez en cuando se prendaba de alguna jabalinista, pero por encima de todo lo que prefería eran las atletas de salto de altura. Decía que eran como gacelas, las mujeres perfectas, y no le faltaba razón. Y yo se las conseguía. Me acercaba a los campos de entrenamiento y le concertaba citas. Algunas estaban encantadas con la posibilidad de pasar un fin de semana con Misha Pavlov, pobrecitas, otras, la mayoría, no. Pero yo siempre le conseguía a las mujeres que él quería aunque para eso tuviera que gastar dinero de mi propio bolsillo o recurrir a las amenazas. Y así fue como una tarde me dijo que quería a Natalia Mijailovna Chuikova, una atleta de dieciocho años, de la región de Volgogrado, que acababa de llegar a Moscú y que tenía esperanzas de ingresar en el equipo olímpico. No sé qué fue lo que me llamó la atención, pero desde el primer momento me di cuenta de que Pavlov hablaba de la Chuikova de una manera diferente. Cuando me dio la orden de traérsela estaba acompañado de dos de sus compinches y éstos, después de que el jefe hubo hablado, me guiñaron los ojos como diciendo: Roger Strada, cumple al pie de la letra lo que se te ha ordenado pues Billy el Niño esta vez va en serio.

Dos días después conseguí hablar con Natalia Chuikova. Fue en la pista cubierta de Spartanovka, en el bulevar del Deporte, a las nueve de la mañana, que no era ciertamente mi hora de levantarme pero que era la única hora en que podía encontrar allí a la saltadora. Primero la vi de lejos: estaba a punto de echar a correr hacia el listón y se concentraba apretando los puños y mirando hacia arriba, como si rezara o como si buscara un ángel. Después me acerqué y le dije quién era. ¿Roger Strada?, dijo ella, eso significa que eres italiano. No me atreví a desengañarla del todo: le dije que era chileno y que en Chile vivían muchos italianos. Medía un metro setenta y ocho y no debía de pesar 55 kilos. Tenía el pelo largo y castaño que se recogía en una coleta sencilla pero en la cual se concentraba toda la gracia del mundo. Sus ojos eran casi negros del todo y tenía, te lo juro, las piernas más largas y más hermosas que he visto en mi vida.

No fui capaz de decirle el motivo de mi visita. La invité a tomar una Pepsi-Cola, le dije que me gustaba su técnica y después me fui. Esa noche no sabía qué le iba a decir a Pavlov, qué mentira le iba a contar. Finalmente opté por lo más sencillo. Dije que Natalia Chuikova era una mujer que requería tiempo, un espécimen distinto de los que él conocía.

Misha me miró con esa cara que tenía de foca y de niño vicioso y dijo que estaba bien, que me daba tres días de tiempo. Cuando Misha te daba tres días había que solucionar el asunto en tres días, ni uno más. Así que estuve cavilando durante unas horas, preguntándome a qué se debía mi actitud, qué era lo me frenaba, hasta que decidí zanjar el asunto lo más rápido posible. Al día siguiente, muy temprano, volví a ver a Natalia. Fui de los primeros en llegar a la pista. Estuve durante mucho rato observando a los atletas que iban y venían, todos medio dormidos como yo, conversando o discutiendo aunque sus voces apenas me llegaban como un murmullo, voces en sordina que nada querían decir o gritos en ruso que de pronto ya no comprendía, como si hubiera olvidado el idioma, hasta que entre la gente apareció Natalia y se puso a hacer ejercicios de calentamiento. Su entrenador tomaba notas en una pequeña libreta. Otras dos saltadoras de altura hablaban con ella. A veces se reían. Otras veces, después de saltar, se sentaban en el suelo y se enfundaban en unos chándals azules y rojos que no tardaban en quitarse. A veces bebían agua. Al cabo de media hora de felicidad me di cuenta de que estaba enamorado. Era la primera vez que me ocurría. Antes había querido a un par de putas. Había sido injusto o justo, poco importaba. Ahora estaba enamorado. Hablé con ella. Le expliqué la historia de Misha Pavlov, quién era, qué quería. Natalia se escandalizó, luego le pareció divertido. Accedió, pese a mis consejos en contra, a verlo. Concerté la cita lo más tarde que pude. En el ínterin la invité al cine a ver una película de Bruce Willis, que era uno de sus actores favoritos, y a cenar a un buen restaurante. Conversamos largo y tendido. Su vida, sin carecer de durezas y desengaños, había sido un ejemplo de perseverancia y voluntad, todo lo contrario que la mía. Sus gustos eran sencillos, no aspiraba a tener dinero sino a ser feliz. En materia sexual, que era lo que a mí me interesaba sonsacarle, tenía amplitud de miras. Al principio esto me entristeció, pensé que Natalia ya estaba en el saco de Pavlov, la imaginé pasando por la cama de todos sus guardaespaldas, la perspectiva me pareció insoportable. Pero después comprendí que Natalia hablaba de una sexualidad que yo simplemente no entendía (y que sigo sin entender), lo que no la empujaba necesariamente a los brazos de toda la banda. También comprendí que, pese a todo, yo debía protegerla.

Una semana después Pavlov me envió como recadero suyo a la pista cubierta con un gran ramo de claveles blancos y rojos que seguramente le habían costado un ojo de la cara. Natalia guardó las flores y me pidió que la esperara. Estuvimos todo el día juntos, primero en el centro (en donde le compré dos novelas de Bulgákov, su autor preferido, en un puesto ambulante de la calle Stáraya Basmánnaya) y luego en el cuartito donde ella vivía. Le pregunté qué tal le había ido. Su respuesta, te lo juro, me dejó helado. Dijo que las flores lo explicaban todo. Qué poder de concreción, amigo, qué frialdad, ella era rusa y yo chileno, sentí cómo se me abría el precipicio y allí mismo me puse a llorar a moco tendido. Muchas veces he pensado en aquella tarde de llanto que cambió mi vida. No le encuentro explicación, sólo sé que me sentí como un niño y que sentí, por primera vez, todo el frío de Moscú y que también por primera vez ese frío me pareció inaguantable. Esa misma tarde hicimos el amor.

A partir de entonces yo estaba en las manos de Natalia y ésta estaba en las manos de Misha Pavlov. La situación en sí no parecía tener más misterios, pero conociendo a Pavlov yo sabía que me la jugaba acostándome con Natalia. Además, con el paso de los días, la certidumbre de que Natalia se acostaba con él –y además yo sabía con exactitud cuándo lo hacía, a qué hora– me fue agriando el carácter, sumiéndome en depresiones y contribuyendo a que empezara a ver las cosas de mi vida (y las cosas de la vida en general) de una manera fatalista. Me hubiera gustado tener entonces un amigo con el que hablar y desahogarme. Pero con Pultakov era impensable y Jimmy Fodeba siempre estaba muy ocupado y ya no solíamos vernos con la asiduidad de antes. No me quedó más remedio que aguantar y esperar.

Así transcurrió un año.

Con Pavlov la vida era curiosa; su propia vida estaba dividida al menos en tres partes y yo tuve el honor o la desgracia de conocerlas todas: la del Pavlov hombre de negocios rodeado permanentemente de sus guardaespaldas y que despedía un tufillo a dinero y a sangre que enervaba los sentidos, la del Pavlov enamoradizo o lachero como decíamos en Santiago y que a mí particularmente me despertaba el peor lado de mi imaginación y me hacía sufrir y la del Pavlov del círculo íntimo, el Pavlov de espíritu inquieto, ocupado o con ganas de ocupar su ocio, sus «momentos de íntimo reposo» como él decía, en asuntos relacionados con la literatura y con las artes, porque Pavlov, cuesta de creer, leía mucho, y claro, le gustaba hablar de lo que leía. Para tal fin solía convocar a tres personas que eran, digamos, la facción cultural o cosmopolita de su banda. El novelista Fédor Petróvich Semionov, un italiano de verdad que estudiaba ruso y que estaba becado en la Escuela de Idiomas de Moscú, llamado Paolo Ripellino, y yo, a quien presentaba siempre como su amigo Roger Strada aunque a veces me tratara como a un perro. Dos rusos y dos italianos, decía Pavlov con una sonrisita en la boca. Lo decía para disminuirme delante de Ripellino pero éste siempre me trató con respeto. Las reuniones, pese a todo, eran divertidas, aunque a veces recibíamos una llamada telefónica a medianoche y teníamos que acudir de inmediato a una de las muchas casas que Pavlov poseía por todo Moscú, a horas en que el cuerpo sólo pedía cama, y aguantar las disquisiciones de nuestro jefe. Los gustos de Pavlov eran eclécticos, como suele decirse, ¿verdad? Yo, con franqueza, sólo he leído a Bulgákov y lo leí por amor a Natalia, del resto no tengo ni idea, no soy hombre de lecturas, eso se nota. Semionov escribía, según tengo entendido, novelas pornográficas y Ripellino tenía un guión que quería que Pavlov se lo financiase, un asunto de karate-kas y mafiosos. El único que allí sabía de literatura era nuestro anfitrión. Así que Pavlov se largaba a hablar de Dostoievski, por ejemplo, y los demás le seguíamos el rastro. Al día siguiente yo me iba a la biblioteca y buscaba datos sobre Dostoievski, resúmenes de sus obras y de su vida y así ya tenía algo que decir en la próxima reunión, aunque Pavlov casi nunca se repetía, una semana hablaba de Dostoievski, a la siguiente hablaba de Borís Pilniak, quince días después de Chéjov (del que decía que era marica, no sé por qué), después se metía con Gógol o con el propio Semionov cuyas novelas pornográficas ponía por las nubes. Éste era todo un personaje. Debía tener mi edad, tal vez un poco mayor, y era uno de los protegidos de Pavlov. Una vez me dijeron que había hecho desaparecer a su mujer. Yo ni me creí el rumor ni me lo dejé de creer. Semionov parecía capaz de todo, menos de morder la mano de Pavlov. Ripellino era distinto, un buen muchacho, el único que confesaba abiertamente no haber leído a ninguno de los novelistas sobre los que nuestro jefe solía monologar, aunque sí había leído poesía (poesía rusa, bien rimada y fácil de recordar) que a veces recitaba de memoria, generalmente cuando ya todos estábamos borrachos. ¿Y quién es ése?, preguntaba Semionov con una voz cavernosa. Pushkin, pues quién si no, le contestaba Ripellino. Entonces yo aprovechaba y me largaba a hablar sobre Dostoievski y Pavlov y Ripellino volvían a recitar a dúo el poema de Pushkin y Semionov sacaba una libretita y hacía como que tomaba notas para su próxima novela. Otras veces hablábamos sobre el espíritu eslavo y el espíritu latino y por supuesto en ese tema Ripellino y yo llevábamos las de perder. Cuántas cosas sabía Pavlov sobre el alma eslava, ni te lo imaginas, qué profundo y qué triste podía ser entonces. Generalmente Semionov acababa llorando y Ripellino y yo nos rendíamos a las primeras de cambio. No siempre estábamos los cuatro solos, por descontado. A veces Pavlov mandaba traer a algunas putas. A veces nos encontrábamos con una o dos caras desconocidas, algún director de revista minoritaria, algún actor sin trabajo, algún militar retirado que conociera de verdad las obras completas de Alexéi Tolstói. Gente agradable o desagradable, gente que tenía negocios con Pavlov o que esperaba recibir algún favor de él. Las veladas a veces terminaban bien, incluso. Otras veces acababan francamente mal. Nunca entenderé el alma eslava. Una vez Pavlov les mostró a sus invitados unas fotos de lo que llamaba su «selección femenina de salto de altura». Al principio yo no quise verlas, pero me llamaron y tuve que ir. Eran las cuatro o cinco chicas que yo le había conseguido. Entre ellas estaba Natalia Chuikova. Me sentí mal y creo que Pavlov se dio cuenta y me abrazó con sus enormes brazos y se puso a cantarme al oído una canción de borracho que hablaba de la muerte y del amor, las dos únicas cosas verdaderas de la vida. Recuerdo que me reí o traté de reírle la ocurrencia a Pavlov, como hacía siempre, pero la risa apenas me salió. Más tarde, mientras los demás dormían la mona o se habían ido, estuve un rato sentado junto a la ventana mirando las fotos con calma. Lo que son las cosas: todo me pareció bien entonces, todo me pareció conforme (como decía mi padre), respirando con fuerza, tranquilo, libre. Y también pensé que el alma eslava no se diferenciaba tanto del alma latina, eran, resumiendo, la misma cosa, igual que el alma africana que presumiblemente iluminaba las noches de mi amigo Jimmy Fodeba. El alma eslava, acaso, aguantaba mucho más alcohol, pero eso era todo.

Y así pasó el tiempo.

A Natalia la excluyeron del equipo olímpico porque nunca llegó a saltar por sobre la altura requerida. Participó en pruebas nacionales y no quedó entre las primeras. Ni pensar en batir alguna marca. Su carrera, aunque ella se resistía a admitirlo, estaba acabada y a veces hablábamos del futuro con miedo y expectación. Su relación con Pavlov tenía altibajos; había días en que éste parecía quererla más que a nadie en el mundo y otros en que la trataba mal. Una noche la encontré con la cara llena de magulladuras. Me dijo que fue mientras entrenaba, pero yo supe que había sido Pavlov. A veces hablábamos hasta muy tarde sobre viajes y países extranjeros. Yo le contaba cosas de Chile, un Chile inventado por mí, supongo, que a ella le parecía muy parecido a Rusia y no le entusiasmaba pero despertaba su curiosidad. Una vez viajó con Pavlov a Italia y España. No me invitaron a la despedida pero fui uno de los que acudió al aeropuerto cuando regresaron. Natalia venía muy tostada y muy bonita. Yo le entregué un ramo de rosas blancas que la noche antes Pavlov, desde España, me había ordenado comprar para ella. Gracias, Roger, dijo ella. No hay de qué, Natalia Mijailovna, dije yo en vez de confesarle que todo se debía a una llamada telefónica de larga distancia de nuestro común jefe. Éste hablaba en ese momento con unos matones y no se dio cuenta de la dulzura que había en mis ojos (unos ojos que hasta mi madre que en paz descanse decía que parecían los ojos de una rata). Pero lo cierto es que Natalia y yo cada vez éramos más descuidados.

Una noche de invierno Pavlov me llamó por teléfono a mi casa. Parecía enfurecido. Me ordenó que fuera a verle de inmediato. Yo sabía de oídas que algunos de sus negocios no iban del todo bien. Argüí que la hora y la temperatura no aconsejaban salir a la calle, pero Misha se mostró inflexible: o apareces por aquí dentro de media hora, dijo, o mañana te corto las pelotas. Me vestí lo más rápido posible y antes de salir a la calle guardé en uno de mis bolsillos un cuchillito que compré cuando era estudiante de Medicina. Las calles de Moscú, a las cuatro de la mañana, no son muy seguras, supongo que lo sabes. El viaje fue como la continuación de la pesadilla que tenía cuando Pavlov me despertó con su llamada. Las calles estaban cubiertas de nieve, el termómetro debía marcar diez o quince grados bajo cero y durante mucho rato no vi por allí ningún ser humano excepto yo. Al principio caminaba diez metros y trotaba los otros diez para entrar en calor. Al cabo de quince minutos mi cuerpo se resignó a avanzar pasito a pasito y encorvado por el frío. En dos ocasiones vi pasar coches de la policía y me oculté. También en dos ocasiones, pasaron sendos taxis que no quisieron detenerse. Sólo encontré borrachos que me ignoraron y sombras que al pasar se ocultaban en los inmensos zaguanes de la avenida Medvéditsa. La casa donde me había citado Pavlov estaba en la calle Nemétskaya; normalmente, a pie, se tardaba entre treinta y treinta y cinco minutos en llegar; aquella noche infernal tardé casi una hora y cuando llegué tenía congelados cuatro dedos del pie izquierdo.

Pavlov me esperaba junto a la chimenea, leyendo y bebiendo coñac. Antes de que yo pudiera decir nada me estrelló el puño en la nariz. Casi no sentí el golpe pero igual me dejé caer. No me ensucies la alfombra, oí que decía. Acto seguido me pateó las costillas unas cinco veces, pero como llevaba pantuflas tampoco sentí mucho dolor. Luego se sentó, cogió su libro y su copa y pareció apaciguarse. Yo me levanté, fui al baño a limpiarme la sangre que me corría de la nariz y después volví a la sala. ¿Qué estás leyendo?, le dije. Bulgákov, dijo Pavlov. ¿Lo conoces, verdad? Ah, Bulgákov, dije yo mientras se me hacía un nudo en el estómago. Como me diga algo de Natalia, pensé, lo mato, y metí la mano en el bolsillo del abrigo tanteando en busca de mi cuchillito. Me gusta la gente sincera, dijo Pavlov, la gente honrada, la que no se anda con dobleces, cuando confío en un ser humano quiero confiar hasta las últimas consecuencias. Tengo un pie congelado, le dije, debería darme una vuelta por el hospital. Pavlov no me escuchó, así que decidí parar con las quejas, además no era para tanto, ya hasta podía mover los dedos. Durante un rato los dos permanecimos en silencio: Pavlov mirando el libro de Bulgákov (*Los huevos milagrosos*, creo que era) y yo contemplando las llamas de la chimenea. Natalia me dijo que la estás viendo, dijo Pavlov. No dije nada pero asentí con la cabeza. ¿Te acuestas con esa puta? No, mentí. Otro silencio. De repente se me ocurrió que Pavlov había matado a Natalia y que esa noche me iba a matar a mí. No medí las consecuencias de lo que hacía. Di un salto y le rebané el pescuezo. La siguiente media hora me la pasé borrando mis huellas. Luego me fui a mi casa y me emborraché.

Una semana después la policía me detuvo y estuve en la comisaría de Ilininkov en donde me interrogaron durante una hora. Puro trámite. El nuevo jefe se llamaba Ígor Borísovich Protopopov, alias Sardinita. No le interesaban las atletas, pero me mantuvo en mi trabajo de apostador y de cargador de partidos. Le serví durante seis meses y después me fui de Rusia. ¿Y Natalia, te preguntarás? A Natalia la vi al día siguiente de matar a Pavlov, muy temprano, en las instalaciones deportivas en donde entrenaba. No le gustó la cara que tenía. Me dijo que parecía muerto. En el tono de su voz percibí un matiz de desprecio, pero también de familiaridad, incluso de cariño. Me reí y le dije que la noche anterior había bebido mucho, que eso era todo. Después me presenté en el hospital donde trabajaba Jimmy Fodeba para que le echaran un vistazo a mis dedos congelados. El asunto no revestía mucha importancia pero untando a unos cuantos conseguimos que me hospitalizaran durante tres días; luego Jimmy cambió los papeles de ingreso y así resultó que cuando mataron a Pavlov yo estaba tirado en la cama, tibiecito y de lo más contento.

Seis meses después, como te dije, me fui de Rusia. Natalia se vino conmigo. Al principio vivimos en París e incluso hablamos de casarnos. Nunca en mi vida he sido tan feliz. Tanto, que ahora incluso me da vergüenza recordarlo. Después vivimos una temporada en Frankfurt y en Stuttgart, en donde Natalia tenía amigos y esperanzas de encontrar un buen trabajo. Los amigos al final resultaron no ser tan buenos y trabajo no encontró, aunque la pobre Natalia intentó hasta el de cocinera en un restaurante ruso. Pero no servía para la cocina. De la muerte de Pavlov rara vez hablamos. Natalia, en contra de la opinión de la policía, tenía la idea de que se lo cargaron sus propios hombres, el Sardinita para ser más precisos, aunque yo le decía que seguramente había sido una banda rival. A Pavlov, lo que son las cosas, lo recordaba como a un caballero y siempre ponderaba su generosidad. Yo la dejaba hablar y me reía por dentro. Una vez le pregunté si era pariente del general Chuikov, el hombre que defendió Stalingrado, la actual Volgogrado. Qué cosas se te ocurren, Roger, me dijo, por supuesto que no. Al año de vivir juntos me dejó por un alemán, un tal Kurt no sé cuántos. Me dijo que estaba enamorada y después lloró de pena por mí o de alegría por ella, no lo sé. Ándate, no más, mala mujer, le dije en castellano. Ella se puso a reír como siempre que yo hablaba en mi idioma. Yo también me puse a reír. Nos tomamos una botella de vodka juntos y nos despedimos. Después, cuando vi que ya nada tenía que hacer en esa ciudad alemana, me vine a Barcelona. Aquí trabajo de profesor de gimnasia en un colegio privado. No me van mal las cosas, me acuesto con putas y soy asiduo de dos bares en donde tengo mi tertulia, como dicen aquí. Pero por las noches, sobre todo por las noches, extraño Rusia y extraño Moscú. Aquí no se está mal, pero no es lo mismo, aunque si me pidieras más precisión no sabría decirte qué es lo que echo de menos. ¿La alegría de estar vivo? No lo sé. Un día de éstos voy a tomar un avión y volveré a Chile.

OTRO CUENTO RUSO

Para Anselmo Sanjuán

En cierta ocasión, después de discutir con un amigo acerca de la identidad peregrina del arte, Amalfitano le refirió una historia que a él le contaron en Barcelona. La historia versaba sobre un sorche de la División Azul española que combatió en la Segunda Guerra Mundial, en el frente ruso, más concretamente en el Grupo de Ejércitos Norte, en una zona cercana a Novgorod.

El sorche era un sevillano bajito, delgado como un palillo y de ojos azules que por esas cosas de la vida (no era un Dionisio Ridruejo ni siquiera un Tomás Salvador, y cuando había que saludar a la romana saludaba, pero tampoco era propiamente un fascista o un falangista) fue a parar a Rusia. Allí, sin que sepa quién empezó, alguien le dijo sorche ven para acá o sorche haz esto o lo otro y al sevillano se le quedó en la cabeza la palabra sorche, pero en la parte oscura de la cabeza, y en ese lugar tan grande y desolador con el paso del tiempo y los sustos diarios se transformó en la palabra chantre. No sé cómo ocurrió, supongamos que se activó un mecanismo infantil, un recuerdo feliz que esperaba su oportunidad para volver.

De modo que el andaluz pensaba sobre sí mismo en los términos y obligaciones de un chantre aunque conscientemente no tenía idea del significado de esta palabra que designa al encargado del coro en algunas catedrales. Pero de algu-

101

na manera, y esto es lo notable, a fuerza de pensarse chantre se convirtió en chantre. Durante la terrible navidad del 41 se hizo cargo del coro que cantaba villancicos mientras los rusos machacaban a los del Regimiento 250. En su memoria estos días están llenos de ruido (ruidos secos, constantes) y de una alegría subterránea y un poco fuera de foco. Cantaban, pero era como si las voces llegaran después o incluso antes, y los labios, las gargantas, los ojos de los cantores muchas veces se deslizaban por una suerte de fisura de silencio, en un viaje brevísimo pero igualmente extraño.

Por lo demás, el sevillano se comportó como un valiente, con resignación, aunque el humor se le fue agriando con el paso del tiempo.

No tardó en probar su cuota de sangre. Una tarde, como al descuido, lo hirieron y durante dos semanas permaneció internado en el Hospital Militar de Riga al cuidado de robustas y sonrientes enfermeras del Reich incrédulas ante el color de sus ojos y de algunas feísimas enfermeras españolas voluntarias, probablemente hermanas, cuñadas o primas lejanas de José Antonio.

Cuando lo dieron de alta sucedió algo que para el sevillano tendría graves consecuencias: en vez de recibir un billete con el destino correcto le dieron uno que lo llevó a los cuarteles de un batallón de las SS destacado a unos trescientos kilómetros de su regimiento. Allí, rodeado de alemanes, austriacos, letones, lituanos, daneses, noruegos y suecos, todos mucho más altos y fuertes que él, intentó deshacer el equívoco utilizando un alemán rudimentario, pero los SS le dieron largas y mientras se aclaraba el asunto lo pusieron con una escoba a barrer el cuartel y con un cubo de agua y un estropajo a fregar la oblonga y enorme instalación de madera en donde retenían, interrogaban y torturaban a toda clase de prisioneros.

Sin resignarse del todo, pero cumpliendo con su nueva tarea a conciencia, el sevillano vio pasar el tiempo desde su nuevo cuartel, comiendo mucho mejor que antes y sin exponerse a nuevos peligros ya que el batallón de las SS estaba destinado en la retaguardia, en lucha contra aquellos a quienes llamaban bandidos. Entonces, en el lado oscuro de su cabeza volvió a hacerse legible la palabra sorche. Soy un sorche, se dijo, un recluta bisoño y debo aceptar mi destino. La palabra chantre, poco a poco, desapareció, aunque algunas tardes, bajo un cielo sin límites que lo llenaba de nostalgias sevillanas, resonaba aún por allí, perdida quién sabe dónde. Una vez escuchó cantar a unos soldados alemanes y la recordó, otra vez escuchó cantar a un niño detrás de unas matas y la volvió a recordar, esta vez de forma más precisa, pero cuando dio la vuelta a los arbustos el niño ya no estaba.

Un buen día ocurrió lo que tenía que ocurrir. El cuartel del batallón de las SS fue asaltado y tomado por un regimiento de caballería ruso, según unos, por un grupo de partisanos, según otros. El combate fue corto y se decantó enseguida en contra de los alemanes. Al cabo de una hora los rusos encontraron al sevillano escondido en el edificio oblongo, vestido con el uniforme de auxiliar de las SS y rodeado de las no tan pretéritas infamias allí cometidas. Como quien dice, con las manos en la masa. No tardó en ser atado a una de las sillas que los SS usaban en los interrogatorios, una de esas sillas con correas en las patas y en los reposos y a todo lo que los rusos preguntaban él respondía en español que no entendía y que allí sólo era un mandado. También intentó decirlo en alemán, pero en este idioma apenas conocía cuatro palabras y los rusos ninguna. Éstos, tras una rápida sesión de bofetadas y patadas, fueron a buscar a uno que sabía alemán y que se dedicaba a interrogar prisioneros en otra de las celdas del edificio oblongo. Antes de que regresaran el sevillano escuchó disparos, supo que estaban matando a algunos de los SS y perdió las esperanzas de salir bien librado que aún tenía; no obstante, cuando los disparos cesaron volvió a aferrarse a la vida con todo su ser. El que sabía alemán le preguntó qué hacía allí, cuál era

103

su función y su grado. El sevillano, en alemán, intentó explicarlo, pero en vano. Los rusos entonces le abrieron la boca y con unas tenazas que los alemanes destinaban para otras partes de la anatomía empezaron a tirar y a apretar su lengua. El dolor que sintió lo hizo lagrimear y dijo, o más bien gritó, la palabra coño. Con las tenazas dentro de la boca el exabrupto español se transformó y salió al espacio convertido en la ululante palabra *kunst*.

El ruso que sabía alemán lo miró extrañado. El sevillano gritaba *kunst*, *kunst*, y lloraba de dolor. La palabra *kunst*, en alemán, quiere decir arte y el soldado bilingüe así lo entendió y dijo que aquel hijo de puta era un artista o algo parecido. Los que torturaban al sevillano retiraron la tenaza con un trocito de lengua y esperaron, momentáneamente hipnotizados por el descubrimiento. La palabra arte. Lo que amansa a las fieras. Y así, como fieras amansadas, los rusos se dieron un respiro y esperaron alguna señal mientras el sorche sangraba por la boca y tragaba su sangre mezclada con grandes dosis de saliva y se ahogaba. La palabra coño, metamorfoseada en la palabra arte, le había salvado la vida. Cuando salió del edificio oblongo el sol estaba ocultándose pero le hirió los ojos como si hubiera sido mediodía.

Se lo llevaron con el resto escaso de prisioneros y poco después otro ruso que sabía español pudo escuchar su historia y el sevillano fue a parar a un campo de prisioneros en Siberia mientras sus accidentales compañeros de iniquidades eran pasados por las armas. En Siberia estuvo hasta bien entrada la década del cincuenta. En 1957 se instaló en Barcelona. A veces abría la boca y contaba sus batallitas con muy buen humor. Otras abría la boca y mostraba a quien quisiera verlo el trozo de lengua que le faltaba. Apenas era perceptible. El sevillano, cuando se lo decían, explicaba que la lengua con los años le había crecido. Amalfitano no lo conoció personalmente, pero cuando le contaron la historia el sevillano todavía vivía en una portería de Barcelona.

WILLIAM BURNS

William Burns, de Ventura, California del Sur, le contó esta historia a mi amigo Pancho Monge, policía de Santa Teresa, Sonora, que a su vez me la refirió a mí. Según Monge, el norteamericano era un tipo tranquilo, que jamás perdía los nervios, afirmación que parece contradecirse con el desarrollo del siguiente relato. Habla Burns:

Era una época triste de mi vida. El trabajo pasaba por una mala racha. Me aburría soberanamente, yo, que antes nunca me aburría. Salía con dos mujeres. Eso sí que lo recuerdo con claridad. Una era más bien veterana, de mi edad, y la otra casi una niña. Aunque a veces parecían dos viejas enfermas y llenas de rencor, y a veces parecían dos niñas a las que sólo les gustaba jugar. La diferencia de edades no era tan grande como para que se las confundiera con madre e hija, pero casi. En fin, ésas son cosas que un hombre sólo puede suponer, nunca se sabe. El caso es que estas mujeres tenían dos perros, uno grande y otro pequeño. Y yo nunca supe cuál perro era de cuál mujer. Por aquellos días compartían una casa en las afueras de un pueblo de montaña, un lugar de veraneantes. Cuando comenté con alguien, un amigo o un conocido, que me iba a ir a pasar una temporada allí, éste me recomendó que llevara mi caña de pescar. Pero yo no tengo caña de pescar. Otro me habló de almacenes y de cabañas, una vida regalada, un descanso para la mente. Sin embargo yo no fui con ellas de vacaciones, estaba allí para cuidarlas. ¿Por qué me pidieron que las cuidara? Según dijeron, había un tipo que quería hacerles daño. Ellas lo llamaban el asesino. Cuando les pregunté el motivo, no supieron qué decir o acaso prefirieron que sobre eso yo no supiera nada. Así que me hice una idea del asunto. Ellas tenían miedo, ellas creían que estaban en peligro, todo posiblemente era una falsa alarma. Pero yo no soy quién para desmentir a nadie, menos cuando se trata de mi trabajo, y pensé que al cabo de una semana ellas solas llegarían a esa conclusión. Así que me fui con ellas y con sus perros a la montaña y nos instalamos en una casita de madera y de piedra llena de ventanas, posiblemente la casa con más ventanas que he visto en mi vida, todas de distinto tamaño, distribuidas de forma arbitraria. Vista desde fuera, a juzgar por las ventanas, la casa parecía tener tres plantas cuando en realidad eran sólo dos. Desde dentro, sobre todo desde la sala y algunas habitaciones del primer piso, la sensación que producía era de mareo, de exaltación, de locura. En la habitación que me asignaron sólo había dos, y no muy grandes, pero una encima de la otra, la superior hasta casi tocar el cielorraso, la inferior a menos de cuarenta centímetros del suelo. La vida, sin embargo, era agradable. La mujer más vieja escribía todas las mañanas, pero no encerrada como dicen que es habitual en los escritores sino en la mesa de la sala, sobre la que armaba su computadora portátil. La mujer más joven se dedicaba a la jardinería y a jugar con los perros y a conversar conmigo. Generalmente era yo el que preparaba la comida y aunque no soy un cocinero excelente ellas alababan los platos que les ponía. Hubiera podido vivir así el resto de mi vida. Un día, sin embargo, los perros se perdieron y salí a buscarlos. Recuerdo que recorrí, armado sólo con una linterna, un bosque que quedaba cerca, y que me asomé a los jardines de casas deshabitadas. No los encontré en ningún sitio. Cuando volví a la casa las mujeres me miraron como si yo fuera el responsable de la desaparición de los perros. Entonces dijeron un nombre, el nombre del asesino. Fueron ellas quienes lo llamaron así desde el principio. No les creí, pero escuché todo lo que tenían que decirme. Las mujeres hablaron de amores escolares, problemas económicos, rencor acumulado. No me cabía en la cabeza cómo ambas pudieron tener relaciones en la escuela con un mismo hombre dada la diferencia de edades que existía entre ellas. Pero más no quisieron decirme. Esa noche, pese a las recriminaciones, una de ellas vino a mi habitación. No encendió la luz, yo estaba medio dormido, al final no supe quién era. Cuando desperté, con las primeras luces de la mañana, estaba solo. Aquel día decidí ir al pueblo y visitar al hombre que ellas temían. Les pedí la dirección, les dije que se encerraran en la casa y que no se movieran de allí hasta mi regreso. Bajé en la furgoneta de la más vieja. Justo antes de entrar en el pueblo, en los terrenos baldíos de una antigua fábrica de conservas, vi a los perros y los llamé. Éstos se acercaron con expresión humilde y moviendo la cola. Los metí en el interior de la furgoneta y riéndome de los temores que había experimentado la noche anterior me dediqué a dar una vuelta por el pueblo. Inevitablemente, me acerqué a la dirección que las mujeres me proporcionaron. Digamos que el tipo se llamaba Bedloe. Tenía un almacén en el centro, un almacén para turistas en donde vendía desde cañas de pescar hasta camisas a cuadros y chocolatinas. Durante un rato me dediqué a curiosear entre las estanterías. El hombre parecía un actor de cine, no debía de tener más de treintaicinco años, fuerte, de pelo negro, y leía el periódico sobre el mostrador. Iba vestido con pantalones de lona y camiseta. El almacén sin duda era un buen negocio, está en una calle céntrica transitada indistintamente por coches y tranvías. Los precios de los artículos son elevados. Durante un rato me dediqué a examinar precios y mercaderías. Al marcharme, no sé por qué, sentí que el pobre tipo estaba perdido. No había recorrido más de diez metros cuando me percaté de que su perro me seguía. Hasta ese momento no me di cuenta de su presencia en el almacén, era un perro grande, negro, posiblemente una mezcla de pastor alemán y otra raza. Nunca he tenido perro, no sé qué demonios los mueve a hacer una cosa u otra, pero lo cierto es que el perro de Bedloe me siguió. Por supuesto, intenté que el perro volviera al almacén, pero no me hizo caso. Así que me puse a caminar de vuelta a la furgoneta, con el perro a mi lado, y entonces sentí el silbido. A mis espaldas, el almacenero silbaba llamando a su perro. No volví la vista atrás, pero sé que salió y que nos buscó. Mi reacción fue automática, irreflexiva: intenté que no me viera, que no nos viera. Recuerdo que me oculté, el perro pegado a mis piernas, tras un tranvía de color rojo oscuro, como sangre seca. Cuando más protegido me sentía el tranvía se puso en movimiento y desde la otra acera el almacenero me vio o vio al perro y me hizo señas con las manos, algo que podía significar que cogiera al perro o que ahorcara al perro o que no me moviera de allí hasta que él cruzara la calle. Que fue exactamente lo que no hice, le di la espalda y me perdí entre la multitud, mientras él gritaba algo así como deténgase, mi perro, amigo, mi perro. ¿Por qué me comporté de esa manera? No lo sé. Lo cierto es que el perro del almacenero me siguió dócilmente hasta donde tenía aparcada la furgoneta y apenas abrí la puerta, sin darme tiempo a reaccionar, se metió dentro y no hubo manera de sacarlo. Cuando me vieron llegar con tres perros las mujeres no dijeron nada y se dedicaron a jugar con los animales. El perro del almacenero parecía conocerlas desde siempre. Esa tarde hablamos de muchas cosas. Empecé por contarles todo lo que me había sucedido en el pueblo, luego ellas hablaron de su pasado, de sus trabajos, una fue maestra, la otra peluquera, ambas renunciaron a esas ocupaciones aunque de vez en cuando, dijeron, cuidaban niños con problemas. En un momento indeterminado me descubrí diciendo algo sobre la necesidad de vigilar permanentemente la casa. Las mujeres me miraron y asintieron con una sonrisa. Lamenté haber hablado de esa manera. Después comimos. Aquella noche yo no preparé la comida. La conversación languideció hasta llegar a un silencio sólo interrumpido por nuestras mandíbulas, por nuestros dientes, por las carreras de los perros afuera, alrededor de la casa. Más tarde nos pusimos a beber. Una de las mujeres, no recuerdo cuál, habló sobre la redondez de la Tierra, sobre preservación, sobre voces de médicos. Yo pensaba en otras cosas y no le presté atención. Supongo que se refería a los indios que antaño habitaron en las laderas de estas montañas. No pude soportarlo más y me levanté, recogí la mesa y me encerré en la cocina a lavar los platos, pero incluso desde allí seguía escuchándolas. Cuando volví a la sala, la más joven estaba tirada en el sofá, a medias cubierta con una manta, y la otra hablaba ahora de una gran ciudad, como si alabara la vida de una gran ciudad, pero en realidad burlándose de ella, eso lo supe porque de tanto en tanto ambas se reían. Nunca comprendí el humor de aquellas mujeres. Me gustaban, las apreciaba, pero su sentido del humor me sonaba a falso, a impostado. La botella de whisky que yo mismo abrí después de la cena estaba medio vacía. Eso me preocupó, no tenía intención de emborracharme, no quería que ellas se emborracharan y me dejaran solo. Así que me senté junto a ellas y les dije que debíamos solucionar algunas cosas. ¿Qué cosas?, dijeron fingiendo una sorpresa que no sentían o tal vez un poco sorprendidas de verdad. La casa tiene demasiados puntos débiles, les dije. Eso hay que solucionarlo. Enuméralos, dijo una de ellas. De acuerdo, dije, y comencé por señalar su lejanía del pueblo, su desamparo, pero pronto me di cuenta de que no me escuchaban. Hacían como que me escuchaban, pero no me escuchaban. Si yo fuera un perro, pensé con rencor, estas mujeres me tendrían un poco más de consideración. Más tarde, cuando comprendí que los tres estábamos desvelados, hablaron de niños y sus voces hicieron que se me encogiera el corazón. Yo he visto horrores, maldades que harían retroceder a tipos duros, pero aquella noche, al escucharlas, el corazón se me encogió hasta casi desaparecer. Quise meter baza, quise saber si rememoraban su infancia o hablaban de niños reales, niños que aún son niños, pero no pude. Tenía la garganta como llena de vendas y algodones esterilizados. De pronto, en medio de la conversación o del monólogo a dos voces, tuve un presentimiento y me acerqué sigilosamente a una de las ventanas de la sala, una ventana pequeña y absurda como ojo de buey, en una esquina, demasiado cerca del ventanal principal como para tener ninguna función. Sé que en el último segundo las mujeres me miraron, se dieron cuenta que ocurría algo, yo sólo alcancé a hacerles la señal de silencio, el índice sobre los labios antes de descorrer la cortina y ver al otro lado la cabeza de Bedloe, la cabeza del asesino. Lo que ocurrió a continuación es confuso. Y es confuso porque el pánico es contagioso. El asesino, lo supe en el acto, se puso a correr alrededor de la casa. Las mujeres y yo nos pusimos a correr por el interior. Dos círculos: él buscando la entrada, evidentemente una ventana que se nos hubiera quedado abierta; las mujeres y yo comprobando las puertas, cerrando las ventanas. Sé que no hice lo que debí hacer: ir a mi habitación, coger mi arma y luego salir al patio y reducir a aquel hombre. En vez de eso me puse a pensar que los perros no estaban en casa, a desear que no les ocurriera nada malo, la perra estaba preñada, eso creo recordar, no estoy seguro, alguien me había dicho algo al respecto. En cualquier caso en ese momento, sin dejar de correr, oí que una de las mujeres decía: Jesús, la perra, la perra, y pensé en la telepatía, pensé en la felicidad, temí que la que había hablado, fuera la que fuera, saliera a buscar a la perra. Por suerte, ninguna de las dos hizo ademán de salir de la casa. Menos mal. Menos mal, pensé. Justo en ese momento (nunca lo podré olvidar) entré en una habitación del primer piso que no conocía. Era alargada y estrecha, oscura, sólo iluminada por la luna y por un resplandor apagado proveniente de las luces del porche. Y en ese momento supe, con una certeza parecida al te-

110

rror, que era el destino (o el infortunio, para el caso lo mismo) el que me había conducido hasta allí. Al fondo, al otro lado de la ventana, vi la silueta del almacenero. Me agaché dominando a duras penas mis temblores (todo el cuerpo me temblaba, estaba sudando a mares) y esperé. El asesino abrió la ventana con una facilidad que no dejó de sorprenderme y se introdujo silenciosamente en la habitación. Ésta tenía tres camas de madera, estrechas, y sus respectivas mesitas de noche. A pocos centímetros de las cabeceras vi tres estampas enmarcadas. El asesino se detuvo un instante. Lo sentí respirar, el aire entró con un ruido saludable en sus pulmones. Luego caminó a tientas, entre la pared y los pies de las camas, directamente hacia donde yo lo aguardaba. Supe que no me había visto, me pareció imposible, agradecí interiormente mi buena suerte, cuando llegó junto a mí lo cogí de los pies y lo hice caer. Ya en el suelo lo pateé con la intención de hacerle el mayor daño posible. Está aquí, está aquí, grité, pero las mujeres no me oyeron (en ese momento yo tampoco las oía correr) y la habitación desconocida me pareció como una prefiguración de mi cerebro, la única casa, el único techo. No sé cuánto tiempo permanecí allí, golpeando el cuerpo caído, sólo recuerdo que alguien abrió la puerta tras de mí, palabras cuyo significado no entendí, una mano sobre mi hombro. Después volví a quedarme solo y dejé de golpear. Durante unos instantes no supe qué hacer, me sentía aturdido y cansado. Por fin, reaccioné y arrastré el cuerpo hacia la sala. Allí, sentadas muy juntas en el sofá, casi abrazadas (pero no estaban abrazadas), encontré a las mujeres. No sé por qué, algo en la escena evocó en mí una fiesta de cumpleaños. En sus miradas descubrí inquietud, un rescoldo de miedo, pero no por lo que acababa de ocurrir sino por el estado en que mis golpes dejaron a Bedloe. Y son sus miradas, precisamente, las que hacen que deje caer el cuerpo sobre la alfombra, las que hacen que el cuerpo se me deslice de las manos. El rostro de Bedloe era una máscara ensangrentada que la luz de la sala resaltaba con cru-

111

deza. En donde estaba la nariz sólo había una masa sangui-
nolenta. Le busqué los latidos del corazón. Las mujeres me
miraban sin hacer el menor movimiento. Este tipo está
muerto, dije. Antes de salir al porche, oí que una de ellas
suspiraba. Me fumé un cigarrillo contemplando las estrellas, pensando en la explicación que daría posteriormente a
las autoridades del pueblo. Cuando volví a entrar, ellas estaban a cuatro patas desnudando el cadáver y no pude repri-
mir un grito. Ni siquiera me miraron. Creo que bebí un vaso
de whisky y luego volví a salir, creo que me llevé la botella.
No sé cuánto tiempo permanecí allí, fumando y bebiendo,
dándoles tiempo a las mujeres a terminar su faena. Poco a
poco comencé a rebobinar los hechos. Recordé al hombre
que miraba tras la ventana, recordé su mirada y ahora reconocí el miedo, recordé cuando perdió a su perro, lo recordé
finalmente leyendo el periódico en el fondo del almacén.
Recordé, también, la luz del día anterior, y la luz del interior
del almacén y la luz del porche vista desde el interior de la
habitación en donde yo lo había matado. Después me dediqué a observar a los perros, que tampoco dormían y que corrían de un extremo a otro del patio. La verja de madera estaba rota en algunas partes y alguien, algún día, debería
arreglarla, pensé, pero ese alguien no iba a ser yo. Comenzó
a amanecer al otro lado de las montañas. Los perros subie-
ron al porche buscando una caricia, tal vez cansados de tanto juego nocturno. Sólo estaban los dos de siempre. Silbé,
llamando al otro, pero no apareció. Con el primer temblor
de frío me llegó la revelación. El hombre muerto no era ningún asesino. El verdadero, oculto en algún lugar lejano, o
más probablemente la fatalidad, nos había engañado. Bedloe no quería matar a nadie, sólo buscaba a su perro. Pobre
desgraciado, pensé. Los perros volvieron a perseguirse a lo
largo del patio. Abrí la puerta y miré a las mujeres, sin fuerzas para entrar en la sala. El cuerpo de Bedloe otra vez estaba vestido. Incluso mejor vestido que antes. Iba a decirles
algo, pero me pareció inútil y volví al porche. Una de las

mujeres salió detrás de mí. Ahora tenemos que deshacernos del cadáver, dijo a mis espaldas. Sí, dije yo. Más tarde ayudé a meter a Bedloe en la parte de atrás de la furgoneta. Partimos hacia las montañas. La vida no tiene sentido, dijo la mujer más vieja. Yo no le contesté, yo cavé una fosa. Al volver, mientras ellas se duchaban, limpié la furgoneta y después preparé mis cosas. ¿Qué vas a hacer ahora?, me preguntaron mientras desayunábamos en el porche contemplando las nubes. Voy a volver a la ciudad, les dije, voy a retomar la investigación exactamente en el punto en donde me perdí.

Seis meses después, termina su historia Pancho Monge, William Burns fue asesinado por desconocidos.

–¿Qué armas te gustan a ti?

–Todas, menos las armas blancas.

–¿Quieres decir cuchillos, navajas, dagas, corvos, puñales, cortaplumas, cosas de ese tipo?

–Sí, más o menos.

–¿Cómo que más o menos?

–Es una forma de hablar, huevón. Sí, ninguna de ésas.

–¿Estás seguro?

–Sí, estoy seguro.

–Pero cómo es que no te gustan los corvos.

–No me gustan y ya está.

–Pero si son las armas de Chile.

–¿Los corvos son las armas de Chile?

–Las armas blancas en general.

–No me huevee, compadre.

–Te lo juro por lo más sagrado, el otro día leí un artículo que lo afirmaba. A los chilenos no nos gustan las armas de fuego, debe ser por el ruido, nuestra naturaleza es más bien silenciosa.

–Debe ser por el mar.

–¿Cómo que por el mar? ¿A qué mar te referís?

–Al Pacífico, naturalmente.

–Ah, el océano, naturalmente. ¿Y qué tiene que ver el océano Pacífico con el silencio?

–Dicen que acalla los ruidos, los ruidos inútiles, se sobre-entiende. Claro que yo no sé si será verdad.

–¿Y qué me dices de los argentinos?

–¿Qué tienen que ver los argentinos con el Pacífico?

–Ellos tienen el océano Atlántico y son más bien ruido-sos.

–Pero no hay punto de comparación.

–En eso tienes razón, no hay punto de comparación, aun-que a los argentinos también les gustan las armas blancas.

–Precisamente por eso a mí no me gustan. Aunque sea el arma nacional. Los cortaplumas tienen un pase, no te diré lo contrario, sobre todo los mil uso, pero el resto son como una maldición.

–A ver, compadre, explíquese.

–No me sé explicar, compadre, lo siento. Es así y punto, qué quiere que le haga.

–Ya veo por dónde vas.

–Pues dilo, porque ni yo lo sé.

–Lo veo, pero no lo sé explicar.

–Aunque también tiene sus ventajas.

–¿Qué ventajas puede tener?

–Imagínate a una banda de ladrones armada con fusiles automáticos. Es sólo un ejemplo. O a los cafiches con me-tralletas Uzi.

–Ya veo por dónde vas.

–¿Es o no es una ventaja?

–Para nosotros, al cien por ciento. Pero la patria se re-siente igual.

–¡Qué se va a resentir la patria!

–El carácter de los chilenos, la naturaleza de los chile-nos, los sueños colectivos sí que se resienten. Es como si nos dijeran que no estamos preparados para nada, sólo para sufrir, no sé si me sigues, pero yo es como si acabara de ver la luz.

–Te sigo, pero no es eso.

–¿Cómo que no es eso?

–No es eso a lo que me refería. A mí no me gustan las armas blancas y punto. Menos filosofía, quiero decir.

–Pero te gustaría que en Chile gustaran las armas de fuego. Lo que no es lo mismo que decir que en Chile abundaran las armas de fuego.

–No digo ni que sí ni que no.

–Además, a quién no le gustan las armas de fuego.

–Eso es verdad, a todo el mundo le gustan.

–¿Quieres que te explique más eso del silencio?

–Bueno, con tal de no quedarme dormido.

–No te vas a quedar dormido, y si te quedas paramos el auto y yo me pongo al volante.

–Entonces cuéntame lo del silencio.

–Lo leí en un artículo del *Mercurio*...

–¿Desde cuándo leís el *Mercurio*?

–A veces lo dejan en jefatura y las guardias son largas. Bueno: en el artículo decía que somos un pueblo latino y que los latinos tenían una fijación por las armas blancas. Los anglosajones, por el contrario, se mueren por las armas de fuego.

–Eso depende de la oportunidad.

–Eso mismo pensé yo.

–A la hora de la verdad, ya me dirás tú.

–Eso mismo pensé yo.

–Somos más lentos, eso sí que hay que reconocerlo.

–¿Cómo que somos más lentos?

–Más lentos en todos los sentidos. Como una forma de ser antiguos.

–¿A eso le llamái lentitud?

–Nos quedamos con los puñales, que es como decir en la edad del bronce, mientras los gringos ya están en la edad del hierro.

–A mí nunca me gustó la historia.

–¿Te acuerdas de cuando cogimos a Loayza?

–Cómo no me voy a acordar.

–Ahí lo tienes, el gordo no más se entregó.

–Ya, y tenía un arsenal en la casa.

–Ahí lo tienes.

–O sea que tenía que haber combatido.

–Nosotros sólo éramos cuatro y el gordo y su gente eran cinco. Nosotros sólo llevábamos las armas reglamentarias y el gordo tenía hasta un bazooka.

–No era un bazooka, compadre.

–¡Era un Franchi Spas-15! Y también tenía un par de escopetas de cañones recortados. Pero el gordo Loayza se entregó sin disparar un tiro.

–¿Tú hubieras preferido que hubiera habido pelea?

–Ni loco. Pero si el gordo en vez de llamarse Loayza se hubiera llamado Mac Curly, nos hubiera recibido a balazos y tal vez ahora no estaría en la cárcel.

–Tal vez ahora estaría muerto...

–O libre, no sé si me sigues.

–Mac Curly, parece el nombre de un vaquero, me suena esa película.

–A mí también, creo que la vimos juntos.

–Tú y yo no vamos juntos al cine desde hace siglos.

–Más o menos entonces la vimos.

–Qué arsenal tenía el gordo Loayza, ¿te acuerdas cómo nos recibió?

–Riéndose a gritos.

–Yo creo que era por los nervios. Uno de la banda se puso a llorar. Me parece que no tenía ni dieciséis años.

–Pero el gordo tenía más de cuarenta y se las daba de duro. Pon los pies en la tierra: en este país no existen los tipos duros.

–¿Cómo que no existen los tipos duros? Yo los he visto durísimos.

–Locos habrás visto a montones, pero duros muy pocos, ¡o ninguno!

–¿Y qué me dices de Raulito Sánchez? ¿Te acuerdas de Raulito Sánchez, el que tenía un Manurhin?

–Cómo no me voy a acordar.

117

–¿Y qué me dices de él?

–Que se tenía que haber deshecho del revólver a la primera. Ahí estuvo su perdición. No hay nada más fácil que seguirle la pista a un Magnum.

–¿El Manurhin es un Magnum?

–Claro que es un Magnum.

–Yo creía que era un arma francesa.

–Es un .357 Magnum francés. Por eso no se deshizo de él. Le cogió cariño, es un arma cara, de ese tipo hay pocas en Chile.

–Cada día se aprende algo.

–Pobre Raulito Sánchez.

–Dicen que murió en la cárcel.

–No, murió poco después de salir, en una pensión de Arica.

–Dicen que tenía los pulmones destrozados.

–Desde chico estuvo escupiendo sangre, pero aguantó como un valiente.

–Bien silencioso recuerdo que era.

–Silencioso y trabajador, aunque demasiado apegado a las cosas materiales de la vida. El Manurhin fue su perdición.

–¡Su perdición fueron las putas!

–Pero si Raulito Sánchez era colisa.

–No tenía ni idea, te lo prometo. El tiempo no respeta nada, caen hasta las torres más altas.

–Qué tienen que ver las torres en este entierro.

–Yo lo recuerdo como un gallo muy hombre, no sé si me sigues.

–Qué tiene que ver la hombría.

–Pero hombre, a su manera, sí que era, ¿no?

–La verdad, no sé qué opinión darte.

–Al menos una vez yo me lo encontré con putas. Asco no les hacía a las putas.

–Raulito Sánchez no le hacía ascos a nada, pero me consta que nunca conoció mujer.

118

–Ésa es una afirmación muy tajante, compadre, tenga cuidado con lo que dice. Los muertos siempre nos miran.

–Qué van a mirar los muertos. Los muertos están acostumbrados a quedarse quietos. Los muertos son una mierda.

–¿Cómo que son una mierda?

–Lo único que hacen es joderle la paciencia a los vivos.

–Siento disentir, compadre, yo por los finados siento demasiado respeto.

–Pero nunca vas al cementerio.

–¿Cómo que no voy al cementerio?

–A ver: ¿cuándo es el día de los muertos?

–Ahí me pillaste chanchito. Yo voy cuando me da la gana.

–¿Tú crees en aparecidos?

–No tengo una opinión formada, pero hay experiencias que ponen los pelos de punta.

–A eso quería llegar.

–¿Lo dices por Raulito Sánchez?

–Exacto. Antes de morirse de verdad, por lo menos en dos ocasiones se hizo el muerto. Una de ellas en una picada de putas. ¿Te acuerdas de la Doris Villalón? Se pasó toda una noche con ella en el cementerio, los dos debajo de la misma manta, y según contó la Doris en toda la noche no ocurrió nada.

–Pero a la Doris el pelo se le puso blanco.

–Hay versiones para todos.

–Pero lo cierto es que encaneció en una sola noche, como la reina Antonieta.

–Yo sé de buena mano que tenía frío y que se metieron en un nicho vacío, después las cosas se complican. Según me contó una amiga de la Doris, al principio intentó hacerle una paja al Raulito, pero el Raulito no estaba para la función y al final se quedó dormido.

–Qué sangre fría tenía ese hombre.

–Después, cuando ya no se escuchaban los ladridos, la Doris quiso bajar del nicho y entonces se apareció el fantasma.

–¿Así que la Doris se quedó canosa por un fantasma?

–Eso era lo que contaban.

–Puede que sólo fuera el yeso del cementerio.

–Cuesta creer en aparecidos.

–¿Y a todo esto el Raulito seguía durmiendo?

–Durmiendo y sin haber tocado a esa pobre mujer.

–¿Y a la mañana siguiente cómo estaba el pelo de él?

–Negro como siempre, pero no hay constancia escrita porque ipso facto se mandó a cambiar.

–O sea que puede que el yeso no tuviera velas en el entierro.

–Puede que haya sido un susto.

–Un susto en la comisaría.

–O que se le decolorara la permanente.

–Ésos son los misterios de la condición humana. En cualquier caso, el Raulito nunca probó una mina.

–Pero bien hombre que parecía.

–En Chile ya no quedan hombres, compadre.

–Ahora sí que me dejas helado. Cuidado con el volante. No te me pongas nervioso.

–Creo que fue un conejo, lo debo haber atropellado.

–¿Cómo que no quedan hombres?

–A todos los hemos matado.

–¿Cómo que los hemos matado? Yo en mi vida he matado a nadie. Y lo tuyo fue en cumplimiento del deber.

–¿El deber?

–El deber, la obligación, el mantenimiento del orden, nuestro trabajo, en una palabra. ¿O preferís cobrar por estar sentado?

–Nunca me gustó estar sentado, tengo una araña en el poto, pero precisamente por eso mismo debí haberme largado.

–¿Y entonces en Chile quedarían hombres?

–No me tome por loco, compadre, y menos teniendo el volante.

–Usted tranquilo y la vista al frente. ¿Pero qué tiene que ver Chile en esta historia?

120

–Tiene que ver todo y puede que me quede corto.

–Me estoy haciendo una idea.

–¿Te acuerdas del 73?

–Era en lo que estaba pensando.

–Allí los matamos a todos.

–Mejor no aceleres tanto, al menos mientras me lo explicas.

–Poco es lo que hay que explicar. Llorar, sí, explicar, no.

–De todas maneras, conversemos que el viaje es largo. ¿A quiénes matamos en el 73?

–A los gallos de verdad de la patria.

–No es para tanto, compadre. Además, nosotros fuimos los primeros, ¿ya no te acordái que estuvimos presos?

–Pero no fueron más de tres días.

–Pero fueron los tres primeros días, la verdad, yo estaba cagado.

–Pero nos soltaron a los tres días.

–A algunos no los soltaron nunca, como al inspector Tovar, el huaso Tovar, un gallo valiente, ¿te acuerdas?

–¿A ése lo fondearon en la Quiriquina?

–Eso le dijimos a la viuda, pero la verdad nunca se supo.

–Eso es lo que a veces me mata.

–Para qué hacerse mala sangre.

–Se me aparecen los muertos en los sueños, se me mezclan con los que no están ni vivos ni muertos.

–¿Cómo que no están ni vivos ni muertos?

–Quiero decir los que han cambiado, los que han crecido, nosotros mismos sin ir más lejos.

–Ahora te entiendo, ya no somos niños, eso quieres decir.

–Y a veces tengo la impresión de que no voy a poder despertar, de que la he cagado ya para siempre.

–Ésas son fijaciones, no más, compadre.

–Y a veces me da tanta rabia que hasta busco a un culpable, tú ya me conoces, esas mañanas en que aparezco con cara de perro, busco al culpable, pero no encuentro a nadie o para peor encuentro al equivocado y me hundo.

–Ya, ya, te he visto.

–Entonces le echo la culpa a Chile, país de maricones y asesinos.

–Pero qué culpa tienen los maricones, quieres decirme.

–Ninguna, pero todo sirve.

–No comparto tu punto de vista, la vida ya es suficientemente dura tal como es.

–Y entonces pienso que este país se fue al diablo hace tiempo, que los que estamos aquí nos quedamos para sufrir pesadillas, sólo porque alguien tenía que quedarse y apechugar con los sueños.

–Cuidado que ahora viene una cuesta. No me mires, yo no digo nada, mira al frente.

–Y es entonces cuando pienso que en este país ya no quedan hombres. Es como un flash. No quedan hombres, sólo quedan durmientes.

–Y qué me decís de las mujeres.

–Usted a veces parece tonto, compadre, me refiero a la condición humana, genéricamente, lo que incluye a las mujeres.

–No sé si te he entendido.

–Mira que he sido claro.

–O sea que en Chile ya no quedan hombres ni mujeres que sean hombres.

–No es eso, pero se le parece.

–Me parece que las chilenas se merecen un respeto.

–¿Pero quién le está faltando el respeto a las chilenas?

–Usted, compadre, sin ir más lejos.

–Pero si yo sólo conozco chilenas, cómo les voy a faltar el respeto.

–Eso es lo que dice usted, pero aténgase a las consecuencias.

–¿Por qué te pones tan susceptible?

–Yo no me pongo susceptible.

–Me dan ganas de parar y partirte la jeta.

–Eso se tendría que ver.

–Joder, qué noche más bonita.

–No me huevees con la noche. ¿Qué tiene que ver la noche?

–Debe ser por la luna llena.

–No me vengái con indirectas. Yo soy bien chileno y no me ando por las ramas.

–Ahí te equivocas: todos somos bien chilenos y ninguno se baja de las ramas. Un boscaje para cagarse de miedo.

–Tú lo que eres es un pesimista.

–¿Y cómo quieres que no lo sea?

–Hasta en las peores horas se ve la luz. Eso creo que lo dijo Pezoa.

–Pezoa Véliz.

–Hasta en los momentos más negros hay un poco de esperanza.

–La esperanza se fue a la mierda.

–La esperanza es lo único que no se va a la mierda.

–Pezoa Véliz, ¿sabes de lo que me estoy acordando?

–¿Cómo voy a saberlo, compadre?

–De los primeros días en Investigaciones.

–¿De la comisaría en Concepción?

–De la comisaría de la calle del Temple.

–De esa comisaría sólo recuerdo a las putas.

–Yo nunca me acosté con una puta.

–¿Cómo puede decir eso, compadre?

–Me refiero a los primeros días, a los primeros meses, después ya me fui maleando.

–Pero si además era gratis, cuando te acuestas con una puta sin pagar es como si no te acostaras con una puta.

–Una puta es una puta siempre.

–A veces me parece que a ti no te gustan las mujeres.

–¿Cómo que no me gustan las mujeres?

–Lo digo por el desprecio con el que te referís a ellas.

–Es que al final las putas siempre me amargan la vida.

–Pero si son la cosa más dulce del mundo.

–Ya, por eso las violábamos.

–¿Te estái refiriendo a la comisaría de la calle del Temple?

–Justo en eso estoy pensando.

–Pero si no las violábamos, nos hacíamos un favor mutuo. Era una manera de matar el tiempo. A la mañana siguiente ellas se iban tan contentas y nosotros quedábamos aliviados. ¿No te acuerdas?

–Me acuerdo de muchas cosas.

–Peores eran los interrogatorios. Yo nunca quise participar.

–Pero si te lo hubieran pedido hubieras participado.

–No te digo ni que sí ni que no.

–¿Te acuerdas del compañero de liceo que tuvimos preso?

–Claro que me acuerdo. ¿Cómo se llamaba?

–Fui yo el que se dio cuenta que estaba entre los detenidos, aunque todavía no lo había visto personalmente. Tú sí y no lo reconociste.

–Teníamos veinte años, compadre, y hacía por lo menos cinco que no veíamos al loco ese. Arturo creo que se llamaba. Él tampoco me reconoció a mí.

–Sí, Arturo, a los quince se fue a México y a los veinte volvió a Chile.

–Qué mala cueva.

–Qué buena cueva, caer justo en nuestra comisaría.

–Bueno, ésa es una historia muy vieja, ahora todos vivimos en paz.

–Cuando vi su nombre en la lista de los presos políticos, supe en el acto que se trataba de él. No existen muchos apellidos como el suyo.

–Fíjate bien en lo que estái haciendo, si te parece cambiamos de asiento.

–De inmediato me dije éste es nuestro viejo condiscípulo Arturo, el loco Arturo, el huevón que se fue a México a los quince años.

–Bueno, creo que él también se alegró de que nosotros estuviéramos allí.

124

–Cuando tú lo viste estaba incomunicado y lo alimentaban los otros presos. ¿Cómo no se iba a alegrar?

–La verdad es que se alegró.

–Me parece que lo estoy viendo.

–Pero si tú no estabas allí.

–Pero tú me lo contaste. Le dijiste ¿tú eres Arturo Belano, de Los Ángeles, provincia de Bío-Bío? Y él te contestó sí, señor, yo soy.

–Lo que son las cosas, a mí ya se me había olvidado.

–Y entonces tú le dijiste ¿no te acordái de mí, Arturo?, ¿no sabís quién soy, huevón? Y él te miró como diciéndose ahora me torturan a mí o yo qué le he hecho a este tira conchaesumadre.

–Me miró como con miedo, es verdad.

–Y te dijo no, señor, no tengo ni idea, pero ya comenzó a mirarte de otra manera, separando las aguas fecales del pasado, como diría el poeta.

–Me miró como con miedo, eso es todo.

–Y entonces tú le dijiste soy yo, huevón, tu compañero de liceo, de Los Ángeles, de hace cinco años, ¿no me reconoces?, ¡soy Arancibia! Y él hizo como un esfuerzo muy grande porque habían pasado muchos años y en el extranjero le habían pasado muchas cosas, más las que le estaban pasando en la patria, y francamente no conseguía ubicar tu rostro, recordaba rostros que tenían quince años, no veinte, y además tú nunca fuiste muy amigo suyo.

–Era amigo de todos, pero se codeaba con los más gallos.

–Tú nunca fuiste muy amigo suyo.

–Pero me hubiera encantado, ésa es la pura verdad.

–Y entonces él dijo Arancibia, claro, hombre, Arancibia, y aquí viene lo más divertido, ¿verdad?

–Depende. Al compañero que iba conmigo no le hizo ninguna gracia.

–Te cogió de los hombros y te dio un golpe en el pecho que te hizo recular por lo menos tres metros.

–Un metro y medio. Como en los viejos tiempos.

–Y tu compañero se le abalanzó, claro, pensando que el pobre huevón se había vuelto loco.

–O que pretendía fugarse, en aquella época éramos tan sobrados que no nos quitábamos las pistolas para pasar lista.

–O sea que tu compañero pensó que te quería quitar la pistola y se le fue encima.

–Pero no le llegó a pegar, yo le avisé que era un amigo.

–Y entonces te pusiste tú también a darle palmaditas y le dijiste que se tranquilizara y le contaste lo bien que nos lo estábamos pasando.

–Sólo le conté lo de las putas, qué jóvenes éramos entonces.

–Le dijiste cada noche me tiro a una puta en los calabozos.

–No, le dije que armábamos malones, que culiábamos hasta la amanecida. Siempre que tocara guardia, claro.

–Y él seguro que te dijo fantástico, Arancibia, fantástico, no me esperaba menos de ti.

–Algo por el estilo, cuidado con esa curva.

–Y tú le dijiste qué haces aquí, Belano, ¿no te habías ido a vivir a México? Y él te dijo que había vuelto, y por supuesto que era inocente, como cualquier ciudadano.

–Me pidió que le hiciera la gauchada de dejarlo telefonear.

–Y tú lo dejaste llamar por teléfono.

–Esa misma tarde.

–Y le hablaste de mí.

–Le dije: Contreras también está aquí y él creyó que tú estabas preso.

–Encerrado en un calabozo, dando alaridos a las tres de la mañana, como el gordo Martinazzo.

–¿Quién era Martinazzo? Ya no me acuerdo.

–Uno que teníamos de paso. Si Belano era de sueño ligero escucharía sus gritos cada noche.

–Pero yo le dije no, compadre, Contreras es detective

también, y le soplé al oído: pero de izquierdas, no se lo digas a nadie.

–Mala cosa haberle dicho eso.

–No te iba a dejar en la estacada.

–¿Y Belano qué dijo cuando se lo dijiste?

–Puso cara de no creerme. Puso cara de no saber quién carajos era Contreras. Puso cara de pensar este tira reculiado está a punto de llevarme al matadero.

–Y eso que era un cabro confiado.

–A los quince años todos somos confiados.

–Yo no confiaba ni en mi madre.

–¿Cómo que no confiabas ni en tu madre? Con la madre no se juega.

–Precisamente por eso.

–Y luego le dije: esta mañana verás a Contreras, cuando los saquen a los cagaderos, fíjate bien, él te hará una señal. Y Belano me dijo okey, pero que le solucionara lo del teléfono. Sólo se preocupaba por la llamada.

–Era para que le trajeran comida.

–En cualquier caso cuando nos despedimos se quedó contento. A veces pienso que si nos hubiéramos visto en la calle tal vez no me hubiera ni saludado. El mundo da muchas vueltas.

–No te hubiera reconocido. En el liceo no eras de sus amigos.

–Ni tú tampoco.

–Pero a mí sí me reconoció. Cuando los sacaron a eso de las once, todos los presos políticos en fila india, yo me acerqué al corredor que daba a los baños y lo saludé de lejos con un movimiento de cabeza. Él era el más joven de los detenidos y no se le veía muy bien.

–¿Pero te reconoció o no te reconoció?

–Claro que me reconoció. Nos sonreímos a lo lejos y entonces él pensó que todo lo que tú le habías dicho era verdad.

–¿Qué le dije yo a Belano, vamos a ver?

–Todo un montón de mentiras, me lo contó cuando lo fui a ver.

–¿Cuándo lo fuiste a ver?

–Esa misma noche, después de que trasladaran a casi todos los presos. Belano se había quedado solo, todavía faltaban horas para la llegada de una nueva remesa, y estaba con el ánimo por los suelos.

–Es que dentro flaquean hasta los más gallitos.

–Bueno, tampoco se había quebrado, si a eso vamos.

–Pero le faltaría poco.

–Poco le faltó, es verdad. Y encima le pasó una cosa bien curiosa. Yo creo que por eso me he acordado de él.

–¿Qué cosa curiosa le pasó?

–Bueno, le pasó cuando estaba incomunicado, ya sabes cómo eran esas cosas en la comisaría del Temple, para lo único que servían era para matarte de hambre, porque si te lo proponías podías mandar a la calle cuantos mensajes quisieras. Bueno, Belano estaba incomunicado, es decir nadie le traía comida de fuera, no tenía jabón, ni cepillo de dientes, ni una manta para taparse por la noche. Y con el paso de los días, por supuesto, estaba sucio, barbón, la ropa le olía, en fin, lo de siempre. El caso es que una vez al día a todos los presos los sacábamos al baño, ¿te acuerdas, no?

–Cómo no me voy a acordar.

–Y camino del baño había un espejo, no en el baño propiamente dicho sino en el corredor que había entre el gimnasio en donde estaban los presos políticos y el baño, un espejo pequeñito, cerca del archivo de la comisaría, ¿te acuerdas, no?

–De eso sí que no me acuerdo, compadre.

–Pues había un espejo y todos los presos políticos se miraban en él. El espejo que había en el baño lo habíamos quitado por si a alguno se le ocurría una tontería, así que el único espejo que tenían para comprobar qué tal se habían afeitado o qué tal les había quedado la raya del pelo, pues

128

era ése y todos se miraban en él, sobre todo cuando los dejaban afeitarse o el día de la semana en que había ducha.

–Ya, te sigo, y como Belano estaba incomunicado ni se podía afeitar ni se podía duchar ni nada de nada.

–Exactamente. No tenía máquina de afeitar, no tenía toalla, no tenía jabón, no tenía ropa limpia, nunca se duchó.

–Pues yo no recuerdo que oliera muy mal.

–Todo el mundo apestaba. Te podías bañar cada día y seguías apestando. Tú también apestabas.

–No se meta conmigo, compadre, y vigile esos terraplenes.

–Bueno, el caso es que cuando Belano pasaba con la cola de los presos nunca quiso mirarse al espejo. ¿Cachái? Lo evitaba. Del gimnasio al baño o del baño al gimnasio, cuando llegaba al corredor del espejo miraba para otro lado.

–Le daba miedo mirarse.

–Hasta que un día, después de saber que nosotros sus compañeros de liceo estábamos allí para sacarle los panes del horno, se animó a hacerlo. Lo había pensado toda la noche y toda la mañana. Para él la suerte había cambiado y entonces decidió mirarse al espejo, ver qué cara tenía.

–¿Y qué pasó?

–No se reconoció.

–¿Sólo eso?

–Sólo eso, no se reconoció. La noche que yo pude hablar con él me lo dijo. Para serte franco, yo no esperaba que me saliera por ahí. Yo iba con ganas de decirle que no se equivocara con respecto a mí, que yo era de izquierdas, que yo no tenía nada que ver con toda la mierda que estaba pasando, pero él me salió con lo del espejo y ya no supe qué decirle.

–¿Y de mí qué le dijiste?

–No dije nada de nada. Sólo habló él. Dijo que había sido muy suave, nada chocante, a ver si me entiendes. Iba en la cola en dirección al baño y al pasar junto al espejo se miró de golpe la cara y vio a otra persona. Pero no se asustó ni le entraron temblores ni se puso histérico. A esas alturas, ya me dirás, para qué ponerse histérico si nos tenía a nosotros en la comisaría. Y en el baño hizo sus necesidades, tranquilo, pensando en la persona que había visto, pensando todo el rato, pero como sin darle mucha importancia. Y cuando volvieron al gimnasio otra vez se miró en el espejo y en efecto, me dijo, no era él, era otra persona, y entonces yo le dije qué me estái diciendo, huevón, cómo que otra persona.

–Eso le hubiera preguntado yo, cómo.

–Y él me dijo: otra. Y yo le dije: aclárame ese punto. Y él me dijo: una persona distinta, no más.

–Entonces tú pensaste que se había vuelto loco.

–Yo no sé lo que pensé, pero con franqueza tuve miedo.

–¿Un chileno con miedo, compadre?

–¿No te parece apropiado?

–Muy propio de usted no me parece.

–Es igual, yo me di cuenta al tiro que no me embromaba. Lo había sacado a la salita que estaba junto al gimnasio y él se largó a hablar del espejo, del trayecto que tenía que recorrer cada mañana y de repente me di cuenta que todo era de verdad, él, yo, nuestra conversación. Y ya que estábamos fuera del gimnasio, pensé, y ya que él era un antiguo condiscípulo de nuestro glorioso liceo, se me ocurrió que podía llevarlo al corredor donde estaba el espejo y decirle mírate otra vez, pero conmigo a tu lado, con tranquilidad, y dime si no eres el mismo loco de siempre.

–¿Y se lo dijiste?

–Claro que se lo dije, pero para serte franco, primero me vino la idea y mucho después me vino la voz. Como si entre formularme la idea en el coco y expresarla de forma razonable hubiera transcurrido una eternidad. Una eternidad pequeña, para peor. Porque si hubiera sido una eternidad grande o una eternidad a secas yo no me hubiera dado cuenta, no sé si me sigues, en cambio tal como fue sí que me di cuenta y el miedo que tenía se acentuó.

–Pero seguiste adelante.

–Claro que seguí adelante, ya no era cosa de echarse atrás, le dije vamos a hacer la prueba, a ver si conmigo a tu lado te pasa lo mismo, y él me miró como si desconfiara de mí, pero dijo: bueno, si insistes, vamos a echar una mirada, como si me hiciera un favor a mí, cuando en realidad era yo el que le estaba haciendo un favor a él, igual que siempre.

–¿Y se fueron al espejo?

–Nos fuimos al espejo, con grave riesgo para mí porque ya sabes lo que me hubiera pasado si me agarraban paseando a medianoche por la comisaría con un preso político. Y para que se tranquilizara y fuera lo más objetivo posible antes le di un pucho y estuvimos echando unas pitadas y sólo cuando apagamos los puchos en el suelo nos encaminamos en dirección a los baños, él con tranquilidad, total, peor no podía estar, pensaba (mentira, hubiera podido estar infinitamente peor), yo más bien intranquilo, atento a cualquier ruido, a cualquier puerta que se cerrara, pero por fuera como si no pasara nada, y cuando llegamos al espejo le dije mírate y él se miró, asomó su cara y se miró, incluso se pasó una mano por el pelo, echándoselo para atrás, lo llevaba bien largo, bueno, a la moda del 73, supongo, y luego desvió los ojos, sacó la cara del espejo y se estuvo un rato mirando el suelo.

–¿Y qué?

–Eso le dije yo, ¿y qué?, ¿eres tú o no eres tú? Y él entonces me miró a los ojos y me dijo: es otro, compadre, no hay remedio. Y yo sentí dentro como un músculo o un nervio, te juro que no lo sé, que me decía: sonríe, huevón, sonríe, pero por más que el músculo se movió yo no pude sonreír, a lo más me daría un tic, un tirón entre el ojo y la mejilla, en todo caso él lo notó y se me quedó mirando y yo me pasé una mano por la cara y tragué saliva porque otra vez tenía miedo.

–Ya estamos llegando.

–Y entonces se me ocurrió la idea. Le dije: mira, me voy

131

a mirar yo en el espejo, y cuando yo me mire tú me vas a mirar a mí, vas a mirar mi imagen en el espejo, y te vas a dar cuenta de que soy el mismo, te vas a dar cuenta que no pasa nada, que la culpa es de este espejo sucio y de esta comisaría sucia y del corredor mal iluminado. Y él no dijo nada, pero yo me tomé su silencio por una afirmación, el que calla otorga, y estiré el cuello y puse mi cara frente al espejo y cerré los ojos.

–Ya se ven las luces, compadre, ya estamos llegando, conduzca con calma.

–¿No me has oído o te estái haciendo el sordo?

–Claro que te he oído. Cerraste los ojos.

–Me planté delante del espejo y cerré los ojos. Y luego los abrí. Supongo que a ti te parecerá normal mirarte a un espejo con los ojos cerrados.

–A mí ya nada me parece normal, compadre.

–Pero luego los abrí, de golpe, al máximo posible, y me miré y vi a alguien con los ojos muy abiertos, como si estuviera cagado de miedo, y detrás de esa persona vi a un tipo de unos veinte años pero que aparentaba por lo menos diez más, barbudo, ojeroso, flaco, que nos miraba por encima de mi hombro, la verdad es que no lo podría asegurar, vi un enjambre de jetas, como si el espejo estuviera roto, aunque bien sabía que no estaba roto, y entonces Belano dijo, pero lo dijo muy bajito, apenas más fuerte que un susurro, dijo: oye, Contreras, ¿hay alguna habitación detrás de esa pared?

–¡Conchaesumadre! ¡Qué peliculero!

–Y yo al oír su voz fue como si me despertara, pero al revés, como si en vez de salir para este lado saliera para el otro y hasta mi voz me sorprendió. No, le dije, que yo sepa detrás sólo está el patio. ¿El patio donde están los calabozos?, me preguntó. Sí, le dije, donde están los presos comunes. Y entonces el muy hijo de puta dijo: ya lo entiendo. Y yo me quedé con los cables sueltos, porque hazme el favor, ¿qué era lo que tenía que entender? Y tal como se me vino a la cabeza se lo dije, qué chuchas es lo que ahora entendís, pero bajito, sin gritar, tan bajito que él ni me oyó y yo ya no tuve fuerzas para repetir la pregunta. Así que volví a mirar el espejo y vi a dos antiguos condiscípulos, uno con el nudo de la corbata aflojado, un tira de veinte años, y el otro sucio, con el pelo largo, barbudo, en los huesos, y me dije: joder, ya la hemos cagado, Contreras, ya la hemos cagado. Después cogí a Belano por los hombros y me lo llevé de vuelta al gimnasio. Cuando lo tuve en la puerta me pasó por la cabeza la idea de sacar la pistola y pegarle un tiro allí mismo, era fácil, sólo hubiera tenido que apuntar y meterle una bala en la cabeza, incluso en la oscuridad siempre he tenido buena puntería. Después hubiera podido explicar cualquier cosa. Pero por supuesto no lo hice.

–Claro que no lo hiciste. Nosotros no hacemos esas cosas, compadre.

–No, nosotros no hacemos esas cosas.

3. Vida de Anne Moore

COMPAÑEROS DE CELDA

Coincidimos en cárceles diferentes (separadas entre sí por miles de kilómetros) el mismo mes y el mismo año. Sofía nació en 1950, en Bilbao, y era morena, de corta estatura y muy hermosa. En noviembre de 1973, mientras yo estaba preso en Chile, a ella la encarcelaron en Aragón.

Por entonces estudiaba en la Universidad de Zaragoza, una carrera de ciencias, Biología o Química, una de las dos, y fue a la cárcel con casi todos sus compañeros de curso. La cuarta o quinta noche que dormimos juntos, ante mi exhibición de posturas amatorias me dijo que no me cansara, que no se trataba de eso. Me gusta variar, le dije. Si follo en la misma postura dos noches seguidas me quedo impotente. Por mí no lo hagas, dijo ella. La habitación era de techo muy alto con las paredes pintadas de rojo, un rojo de desierto crepuscular. Las había pintado ella misma a los pocos días de vivir allí. Eran horribles. Yo he hecho el amor de todas las formas posibles, dijo. No te creo, le dije. ¿De todas las formas posibles? De todas, dijo, y yo no dije nada (preferí callarme, tal vez avergonzado) pero la creí.

Después, pero eso pasó al cabo de muchos días, dijo que se estaba volviendo loca. Comía muy poco, se alimentaba únicamente de puré. Una vez entré en la cocina y vi un saco de plástico junto al refrigerador. Eran veinte kilos de puré en polvo. ¿No comes nada más?, le pregunté. Ella se sonrió

137

y dijo que sí, que a veces comía otras cosas, pero casi siempre en la calle, en bares o restaurantes. En casa resulta más práctico un saco de puré, dijo. Así siempre hay comida. Ni siquiera lo disolvía con leche, sino con agua, y ni siquiera esperaba a que el agua hirviera. Disolvía los copos de puré en agua tibia, me explicó más tarde, porque odiaba la leche. Nunca la vi ingerir productos lácteos, decía que eso seguramente era un problema mental que arrastraba desde la infancia, algo relacionado con su madre. Así que por las noches, cuando ambos coincidíamos en la casa, comía puré y a veces me acompañaba cuando me quedaba hasta tarde a ver películas por la tele. Casi no hablábamos. Nunca discutía. Por entonces en aquella casa vivía un tipo del Partido Comunista, de nuestra misma edad, un veinteañero, con el que yo me enzarzaba en polémicas inútiles y ella nunca tomó partido aunque yo sabía que estaba más de mi parte que de parte de él. Una vez el comunista me dijo que Sofía estaba muy buena y que pensaba tirársela a la primera oportunidad. Hazlo, le dije. Dos o tres noches después, mientras veía una película de Bardem oí que el comunista salía al pasillo y golpeaba discretamente la puerta de Sofía. Hablaron un rato y luego la puerta se cerró y el comunista no volvió a salir hasta dos horas más tarde.

Sofía, pero esto lo supe mucho después, había estado casada. Su marido era un compañero de la Universidad de Zaragoza, un tipo que también estuvo preso en noviembre de 1973. Cuando terminaron la carrera se trasladaron a Barcelona y al cabo de un tiempo se separaron. Se llamaba Emilio y eran buenos amigos. ¿Con Emilio hiciste el amor de todas las formas posibles? No, pero casi, decía Sofía. Y decía también que se estaba volviendo loca y que era un problema, sobre todo si conducía, la otra noche me volví loca en la Diagonal, por suerte no había mucho tráfico. ¿Tomas algo? Valium. Un montón de pastillas de valium. Antes de acostarnos fuimos juntos al cine un par de veces. Películas francesas, creo. Vimos una de una mujer pirata que llega a una isla en donde vive otra mujer pirata y las dos tienen un duelo a muerte con espadas. La otra era de la Segunda Guerra Mundial: un tipo que trabaja para los alemanes y para la Resistencia al mismo tiempo. Después de acostarnos fuimos más veces al cine y curiosamente de esas películas sí recuerdo el título e incluso los nombres de los directores, pero todo lo demás lo he olvidado. Ya desde la primera noche Sofía me dejó muy claro que lo nuestro no iba a llegar a ninguna parte. Estoy enamorada de otro, dijo. ¿El camarada comunista? No, alguien que tú no conoces, dijo, un profesor, como yo. Por el momento no me quiso decir su nombre. A veces se acostaba con él, pero esto no solía ocurrir muy a menudo, una vez cada quince días aproximadamente. Conmigo hacía el amor todas las noches. Al principio yo trataba de agotarla. Comenzábamos a las once y no parábamos hasta las cuatro de la mañana, pero pronto me di cuenta de que no existía manera de agotar a Sofía.

Por aquella época yo solía juntarme con anarquistas y feministas radicales y leía libros más o menos acordes con mis amistades. Uno de éstos era el de una feminista italiana, Carla no sé qué, el libro se llamaba *Escupamos sobre Hegel*. Una tarde se lo presté a Sofía, léelo, le dije, creo que es muy bueno. (Tal vez le dije que el libro le iba a *servir*.) Al día siguiente, Sofía, de muy buen humor, me devolvió el libro y dijo que como ciencia ficción no estaba mal, pero que por lo demás era una porquería. Opinó que sólo una italiana podía haberlo escrito. ¿Tienes algo contra las italianas?, le dije, ¿te hizo daño una italiana cuando eras pequeña? Dijo que no, pero que puestos en ese plan ella prefería leer a Valerie Solanas. Su autor preferido, contra lo que yo pensaba, no era una mujer sino un inglés, David Cooper, el colega de Laing. Al cabo del tiempo yo también leí a Valerie Solanas y a David Cooper e incluso a Laing (los sonetos). Una de las cosas que más me impresionó de Cooper fue que tratara, durante su etapa argentina (aunque en realidad no sé si Cooper estuvo alguna vez en la Argentina, puede que me

confunda), a militantes de izquierda con drogas alucinóge-
nas. Gente que enfermaba porque sabía que podía morir en
cualquier momento, gente que no iba a tener la experiencia
de la vejez en la vida, la droga les proporcionaba esa experiencia y los curaba. A veces Sofía también se drogaba. Tomaba LSD y anfetaminas y rohipnoles, pastillas para subir y
pastillas para bajar y pastillas para controlar el volante de
su coche. Un coche al que yo, por precaución, rara vez me
subía. Salíamos, en verdad, poco. Yo hacía mi vida, Sofía
hacía su vida y por la noche, en su cuarto o en el mío, nos
trenzábamos en una lucha interminable hasta quedar vacia-
dos cuando ya empezaba a amanecer.

Una tarde Emilio vino a verla y me lo presentó. Era un
tipo alto, con una sonrisa muy hermosa, y se notaba que la
quería mucho a Sofía. La compañera de Emilio se llamaba
Nuria, era catalana y trabajaba como profesora de instituto,
igual que Emilio e igual que Sofía. No había dos mujeres
más distintas: Nuria era rubia, tenía los ojos azules, era alta
y más bien rellenita; Sofía era morena, tenía los ojos de un
marrón tan oscuro que parecía negro, era baja de estatura y
delgada como un corredor de maratón. Pese a todo parecían buenas amigas. Según supe más tarde, fue Emilio quien
dejó a Sofía aunque la ruptura siempre se mantuvo en los es-
trictos límites de la amistad. A veces, cuando me quedaba
mucho rato sin hablar y observándolas me parecía estar delante de una norteamericana y una vietnamita. Sólo Emilio
siempre parecía Emilio, químico o biólogo aragonés, ex estudiante antifranquista, ex preso, un tipo decente aunque
no muy interesante. Una noche Sofía me habló del hombre
del que estaba enamorada. Se llamaba Juan y también era
del Partido Comunista. Trabajaba en el mismo instituto que
ella, así que lo veía todos los días. Estaba casado y tenía un
hijo. ¿Dónde hacéis el amor? En mi coche, dijo Sofía, o en
su coche. Salimos juntos, nos perseguimos por las calles de
Barcelona, a veces nos vamos hasta el Tibidabo o hasta Sant
Cugat, otras veces simplemente aparcamos en una calle os-

cura y entonces él se mete en mi coche o yo me meto en el suyo. Poco después Sofía se puso enferma y tuvo que guardar cama. Por aquella época en la casa sólo quedábamos nosotros dos y el comunista. Éste únicamente aparecía por las noches así que fui yo quien tuvo que cuidarla y comprarle medicinas. Una noche me dijo que nos marcháramos de viaje. ¿Adónde?, le dije. Vamos a Portugal, dijo. La idea me pareció buena y una mañana salimos a Portugal en autostop. (Yo pensaba que iríamos en su coche pero Sofía tenía miedo de conducir.) El viaje fue lento y accidentado. Nos detuvimos en Zaragoza, donde Sofía aún tenía a sus mejores amigos, en Madrid, en casa de su hermana, en Extremadura...

Tuve la impresión de que Sofía estaba visitando a todos sus ex amantes. Tuve la impresión de que se estaba despidiendo de ellos, una despedida carente de placidez o aceptación. Cuando hacíamos el amor comenzaba con un aire ausente, como si la cosa no fuera con ella, aunque luego se dejaba ir y terminaba corriéndose innumerables veces. Entonces se ponía a llorar y yo le preguntaba por qué lloraba. Porque soy una coneja, decía, tengo el alma en otra parte y sin embargo no puedo evitar correrme. No exageres, le decía, y seguíamos haciendo el amor. Besar su cara bañada en lágrimas era delicioso. Todo su cuerpo ardía, se arqueaba, como un trozo de metal al rojo vivo, pero sus lágrimas eran tan sólo tibias y al bajar por su cuello o cuando yo las recogía y untaba sus pezones con ellas se helaban. Un mes después volvimos a Barcelona. Sofía casi no probaba bocado en todo el día. Recuperó su dieta de puré en polvo y decidió no salir de casa. Una noche, al volver, la encontré con una amiga a la que no conocía y otra vez me encontré con Emilio y Nuria que me miraron como si yo fuera el responsable de su deteriorada salud. Me sentí mal pero no les dije nada y me encerré en mi cuarto. Traté de leer, pero los oía. Exclamaciones de asombro, reconvenciones, consejos. Sofía no hablaba. Una semana más tarde consiguió una baja de

141

cuatro meses. El médico del Seguro era un antiguo compañero de Zaragoza. Pensé que entonces estaríamos más tiempo juntos pero poco a poco nos fuimos distanciando. Algunas noches ya no iba a dormir a casa. Recuerdo que yo me quedaba hasta muy tarde viendo la televisión y esperándola. A veces el comunista me hacía compañía. Sin nada que hacer, me dedicaba a arreglar la casa, barría, fregaba, quitaba el polvo. El comunista estaba encantado conmigo, pero un día él también se tuvo que ir y me quedé más solo que nunca.

Sofía, por entonces, era un fantasma, aparecía sin hacer ruido, se encerraba en su cuarto o en el baño y al cabo de unas horas volvía a desaparecer. Una noche nos encontramos en las escaleras del edificio, yo subía y ella bajaba, y lo único que se me ocurrió preguntarle fue si tenía un nuevo amante. Me arrepentí de inmediato, pero ya lo había dicho. No recuerdo qué me contestó. Aquella casa tan grande en donde en los buenos tiempos vivimos cinco personas se convirtió en una ratonera. A veces me imaginaba a Sofía en la cárcel, en Zaragoza, en noviembre de 1973 y me imaginaba a mí, detenido durante unos pocos pero decisivos días en el hemisferio sur, por las mismas fechas, y aunque me daba cuenta de que ese hecho, esa casualidad, estaba cargada de significados, no podía descifrar ni uno. Las analogías sólo me confunden. Una noche, al volver, encontré una nota de despedida junto con algo de dinero en la mesa de la cocina. Al principio seguí viviendo como si Sofía estuviera allí. No recuerdo con exactitud cuánto tiempo la estuve esperando. Creo que me cortaron la luz por falta de pago. Después me fui a otra casa.

Pasó mucho tiempo antes de que la volviera a ver. Paseaba por las Ramblas; parecía perdida. Hablamos, de pie, mientras el frío nos calaba hasta los huesos, de asuntos que nada tenían que ver ni con ella ni conmigo. Acompáñame hasta mi casa, dijo. Vivía cerca del Borne, en un edificio que se estaba viniendo abajo de viejo. Las escaleras eran estrechas y crujían a cada paso que dábamos. Subí hasta la puerta de su casa, en el último piso; para mi sorpresa, no me dejó entrar. Debí preguntarle qué pasaba, pero me fui sin hacer ningún comentario, aceptando las cosas tal como son, tal como a ella le gustaba tomarlas.

Una semana después volví a su casa. El timbre no funcionaba y tuve que golpear varias veces. Pensé que no había nadie. Luego pensé que allí, en realidad, no *vivía* nadie. Cuando ya me disponía a marchar abrieron la puerta. Era Sofía. Su casa estaba a oscuras y la luz del rellano se apagaba cada veinte segundos. Al principio, debido a la oscuridad, no me di cuenta de que iba desnuda. Te vas a congelar, dije cuando la luz de la escalera me la mostró, allí, muy erguida, más flaca que de costumbre, el vientre, las piernas que tantas veces había besado, en una situación tal de desamparo que en lugar de empujarme hacia ella me enfrió como si las consecuencias de su desnudez las estuviera sufriendo yo. ¿Puedo entrar? Sofía movió la cabeza en un gesto de negación. Supuse que su desnudez seguramente se debía a que no estaba sola. Se lo dije y, sonriendo estúpidamente, le aseguré que no era mi intención ser indiscreto. Ya me disponía a bajar las escaleras cuando ella dijo que estaba sola. Me detuve y la miré, esta vez con mayor cuidado, intentando descubrir algo en su expresión, pero su rostro era impenetrable. Miré, también, por encima de su hombro. El interior de la casa permanecía envuelto en un silencio y en una oscuridad inmutable, pero mi instinto me dijo que allí dentro se ocultaba alguien, escuchándonos, esperando. ¿Te sientes bien? Muy bien, dijo con un hilo de voz. ¿Has tomado algo? No he tomado nada, no estoy drogada, susurró. ¿Me dejas pasar? ¿Puedo prepararte un té? No, dijo Sofía. Puesto a hacer preguntas, antes de irme pensé que no estaría de más hacerle una última: ¿por qué no me dejas conocer tu casa, Sofía? Su respuesta fue inesperada. Mi novio debe estar a punto de llegar y no le gusta encontrarme en compañía de nadie, sobre todo si es un hombre. No supe si

143

enfadarme o tomarlo a broma. Tu novio debe de ser un vampiro, dije. Sofía sonrió por primera vez, si bien una sonrisa débil y lejana. Le he hablado de ti, dijo, te reconocería. ¿Y qué podría hacer, pegarme? No, simplemente se enfadaría, dijo. ¿Me echaría a patadas? (Cada vez estaba más escandalizado. Por un momento deseé que llegara ese novio al que Sofía esperaba desnuda y a oscuras y ver qué ocurría en realidad, qué era lo que se atrevía a hacer.) No te echaría a patadas, dijo. Simplemente se enfadaría, no hablaría contigo y cuando tú te marcharas apenas me dirigiría la palabra. Tú no debes de estar muy bien de la cabeza, no sé si te das cuenta de lo que dices, te han cambiado, no te conozco, farfullé. Soy la misma de siempre, eres tú el imbécil que no se da cuenta de nada. Sofía, Sofía, qué te ha pasado, tú no eres así. Vete de aquí, dijo ella, tú qué sabes cómo soy.

No volví a saber nada de Sofía hasta pasado un año. Una tarde, a la salida del cine, me encontré a Nuria. Nos reconocimos, comentamos la película y al final decidimos irnos a tomar un café juntos. Al cabo de un rato ya estábamos hablando de Sofía. ¿Cuánto hace que no la ves?, me preguntó. Le dije que hacía mucho, pero también le dije que me despertaba algunas mañanas como si la acabara de ver. ¿Cómo si soñaras con ella? No, dije, como si hubiera pasado la noche con ella. Es extraño, a Emilio le pasaba algo parecido. Hasta que ella lo intentó matar, dijo, entonces dejó de tener pesadillas.

Me explicó la historia. Era simple, era incomprensible.

Seis o siete meses atrás Emilio recibió una llamada telefónica de Sofía. Según le contó después a Nuria, Sofía habló de monstruos, de conspiraciones, de asesinos. Dijo que lo único que le daba más miedo que un loco era alguien que premeditamente arrastrara a otro hacia la locura. Después lo citó en su casa, la misma a la que yo había ido en un par de ocasiones. Al día siguiente Emilio se presentó puntual a la cita. La escalera oscura o mal iluminada, el timbre que no funcionaba, los golpes en la puerta, todo, hasta allí, familiar y predecible. Abrió Sofía. No iba desnuda. Lo invitó a pasar. Emilio nunca había estado en esa casa. La sala, según Nuria, era pobre, pero además su estado de conservación era lamentable, la suciedad goteaba por las paredes, los platos sucios se acumulaban en la mesa. Al principio Emilio no vio nada, tan mala era la iluminación de la habitación, después distinguió a un hombre sentado en un sillón y lo saludó. El tipo no respondió a su saludo. Siéntate, dijo Sofía, tenemos que hablar. Emilio se sentó; para entonces una vocecita en su interior le dijo repetidas veces que algo iba mal, pero no le hizo caso. Pensó que Sofía le iba a pedir un préstamo. Uno más. Aunque la presencia del desconocido alejaba esa posibilidad, Sofía nunca pedía dinero delante de terceros, así que Emilio se sentó y esperó.

Entonces Sofía dijo: mi marido quiere explicarte algunas cosas de la vida. Por un momento Emilio pensó que Sofía se refería a él como «mi marido» y que pretendía que le dijera algo a su nuevo novio. Sonrió. Alcanzó a decir que él no tenía nada que explicar, cada experiencia es única, dijo. De golpe comprendió que las palabras de Sofía iban dirigidas a él, que el «marido» era el otro, que allí pasaba algo malo, muy malo. Intentó ponerse de pie justo cuando Sofía se abalanzó hacia él. El resto era más bien caricaturesco. Sofía sujetó o intentó sujetar a Emilio por las piernas mientras su nuevo compañero lo intentaba estrangular con más voluntad que destreza. Pero Sofía era pequeña y el desconocido también era pequeño (Emilio, en la confusión de la pelea, tuvo tiempo y sangre fría para percibir el parecido físico que existía entre Sofía y el desconocido, como si fueran hermanos gemelos) y el combate o el simulacro de combate no duró demasiado. Tal vez el susto convirtió a Emilio en una persona vengativa: cuando tuvo al novio de Sofía en el suelo se dedicó a patearlo hasta cansarse. Le debió de romper más de una costilla, dijo Nuria, tú ya sabes cómo es Emilio (no, yo no lo sabía, pero igual asentí). Cuando acabó se dirigió a Sofía que inútilmente intentaba sujetarlo por la espalda mientras le daba golpes que Emilio apenas sentía. La abofeteó tres veces (era la primera vez que le ponía la mano encima, según Nuria) y luego se marchó. Desde entonces no habían vuelto a saber nada de ella aunque Nuria, por las noches, sobre todo cuando volvía del trabajo, sentía miedo.

Te explico esto, dijo Nuria, por si tienes la tentación de visitar a Sofía. No, dije, hace mucho que no la veo y no entra en mis planes ir a su casa. Después hablamos de otras cosas, muy brevemente, y nos separamos. Dos días más tarde, sin saber muy bien qué era lo que me impulsaba a hacerlo, aparecí por casa de Sofía.

Ella abrió la puerta. Estaba más flaca que nunca. Al principio no me reconoció. ¿Tanto he cambiado, Sofía?, murmuré. Ah, eres tú, dijo. Luego estornudó y dio un paso hacia atrás. Lo consideré, tal vez equivocadamente, como una invitación a pasar. Sofía no me detuvo.

La sala, la habitación en donde le habían preparado la emboscada a Emilio, aunque mal iluminada (la única ventana daba a un patio de luces lóbrego y estrecho) no parecía sucia. Más bien mi primera impresión fue la contraria. Sofía tampoco parecía sucia. Me senté en un sillón, acaso el mismo en el que se sentó Emilio el día de la emboscada, y encendí un cigarrillo. Sofía permaneció de pie, mirándome como si aún no supiera con exactitud quién era yo. Iba vestida con una falda larga y delgada, más propia para el verano, una blusa y unas sandalias. Llevaba calcetines gruesos que por un instante creí reconocer como míos, pero no, no era posible que fueran míos. Le pregunté cómo estaba. No me contestó. Le pregunté si estaba sola, si tenía algo para beber, si la vida la trataba bien. Como Sofía no se movía me levanté y entré en la cocina. Limpia, oscura, el refrigerador vacío. Miré en las alacenas. Ni una miserable lata de guisantes, abrí la llave del fregadero, al menos tenía agua corriente, pero no me atreví a beberla. Volví a la sala. Sofía permanecía quieta en el mismo sitio, no sé si expectante o no, no sé si ausente, en cualquier caso lo más parecido a una estatua. Sentí una ráfaga de aire frío y pensé que la puerta de entrada estaba abierta. Fui a comprobarlo, pero no, Sofía, después de pasar yo, la había cerrado. Algo es algo, pensé.

Lo que ocurrió después es impreciso o tal vez yo prefiero que sea impreciso. Contemplé el rostro de Sofía, un rostro melancólico o reflexivo o enfermo, contemplé el perfil de Sofía, supe que si permanecía quieto me pondría a llorar, me acerqué por detrás y la abracé. Recuerdo que el pasillo, en dirección al dormitorio y a otro cuarto, se estrechaba. Hicimos el amor lentos y desesperados, igual que antes. Hacía frío y yo no me desvestí. Sofía, en cambio, se desnudó del todo. Ahora estás helada, pensé, helada como una muerta y no tienes a nadie.

Al día siguiente la volví a visitar. Esta vez me quedé mucho más tiempo. Hablamos de cuando ambos vivíamos juntos, de los programas de televisión que veíamos hasta altas horas de la madrugada. Me preguntó si en mi nueva casa tenía televisión. Dije que no. La echo de menos, dijo ella, sobre todo los programas nocturnos. La ventaja de no tener tele es que lees más, dije yo. Yo ya no leo, dijo ella. ¿Nada? Nada, busca, en esta casa no hay libros. Como un sonámbulo, me levanté y recorrí toda la casa, rincón por rincón, como si tuviera todo el tiempo del mundo. Vi muchas cosas, pero no vi libros, y una de las habitaciones estaba cerrada con llave y no pude entrar. Luego volví con una sensación de vacío en el pecho y me dejé caer en el sillón de Emilio. Hasta entonces no le había preguntado por su acompañante. Lo hice. Sofía me miró y sonrió, creo que por primera vez desde nuestro reencuentro. Fue una sonrisa breve pero perfecta. Se marchó, dijo, y nunca más va a volver. Después nos vestimos y salimos a cenar a una pizzería.

Era tetona, tenía las piernas muy delgadas y los ojos azules. Me gusta recordarla así. No sé por qué me enamoré de ella, pero lo cierto es que me enamoré como un loco y al principio, quiero decir los primeros días, las primeras horas, las cosas marcharon bien, después Clara volvió a su ciudad en el sur de España (estaba de vacaciones en Barcelona) y todo empezó a torcerse.

Una noche soñé con un ángel: yo entraba en un bar enorme y vacío y lo veía sentado en un rincón, delante de un café con leche, con los codos sobre la mesa. Es la mujer de tu vida, me decía, levantando la cara y lanzándome con su mirada, una mirada de fuego, al otro lado de la barra. Yo me ponía a gritar: camarero, camarero, y entonces abría los ojos y escapaba de ese sueño desesperante. Otras noches no soñaba con nadie pero me despertaba llorando. Mientras tanto, Clara y yo nos escribíamos. Sus cartas eran escuetas. Hola, cómo estás, llueve, te quiero, adiós. Al principio esas cartas me asustaron. Se acabó todo, pensé. Sin embargo, después de un estudio detenido, llegué a la conclusión de que su parvedad epistolar se debía a la necesidad de ocultar sus errores gramaticales. Clara era orgullosa y detestaba escribir mal, aunque eso trajera aparejado mi sufrimiento ante su aparente frialdad.

Por aquella época tenía dieciocho años, había dejado el

instituto y estudiaba música en una academia particular y dibujo con un pintor paisajista retirado, pero la verdad es que no le interesaba demasiado la música y de la pintura se podría decir casi lo mismo: le gustaba, pero era incapaz de apasionarse. Un día me llegó una carta en donde a su manera escueta me comunicaba que se iba a presentar a un concurso de belleza. Mi respuesta, tres folios escritos por ambos lados, abundaba en afirmaciones de toda clase sobre la serenidad de su belleza, sobre la dulzura de sus ojos, sobre la perfección de su talle, etcétera. Era una carta que rezumaba cursilería y cuando la tuve acabada dudé si mandársela o no, pero al final se la mandé.

Durante varias semanas no supe nada de ella. Hubiera podido llamarla por teléfono, pero no lo hice, en parte por discreción y en parte porque en aquella época yo era más pobre que una rata. Clara obtuvo el segundo puesto en el concurso y estuvo deprimida durante una semana. Sorprendentemente me envió un telegrama en el que decía: *Segundo puesto. Stop. Recibí tu carta. Stop. Ven a verme.* Los «stop» estaban claramente escritos.

Una semana después cogí el primer tren que salía rumbo a su ciudad. Antes, por supuesto, quiero decir después del telegrama, hablamos por teléfono y tuve oportunidad de escuchar la historia del concurso de belleza varias veces. Por lo visto, Clara estaba verdaderamente afectada. Así que hice mis maletas y tan pronto como pude me monté en un tren y a la mañana siguiente, muy temprano, ya estaba en aquella ciudad desconocida. Llegué a la casa de Clara a las nueve y media de la mañana. En la estación me tomé un café y fumé varios cigarrillos para matar el tiempo. Una mujer gruesa y despeinada me abrió la puerta y cuando dije que buscaba a Clara me miró como si fuera una oveja camino del matadero. Durante algunos minutos (que me parecieron excesivamente largos y que después, pensando en todo el asunto, caí en la cuenta de que en efecto lo fueron) la esperé sentado en la sala, una sala que irrazonablemente me pareció acogedora, excesivamente recargada, pero acogedora y llena de luz. La aparición de Clara me hizo el efecto de la aparición de una diosa. Sé que es estúpido pensarlo, sé que es estúpido decirlo, pero así fue.

Los días siguientes fueron agradables y desagradables. Vimos muchas películas, casi una diaria, hicimos el amor (yo era el primer tío con el que Clara se acostaba, lo que no pasaba de ser una anécdota curiosa, pero que a la larga me iba a costar caro), paseamos, conocí a los amigos de Clara, fuimos a dos fiestas espantosas, le propuse que se viniera a vivir conmigo a Barcelona. Por supuesto, a esas alturas yo sabía cuál sería la respuesta. Un mes después, una noche, tomé el tren de vuelta, recuerdo que el viaje fue horrible.

Poco después Clara me escribió una carta, la más larga que nunca me mandara, diciéndome que no podía seguir conmigo, que las presiones a las que la sometía (mi propuesta de vivir juntos) eran inaceptables, que todo había terminado. Hablamos tres o cuatro veces más por teléfono. Creo que yo también le escribí una carta en donde la insultaba, en donde le decía que la amaba, en cierta ocasión en que viajé a Marruecos la llamé desde el hotel en que me hospedaba, en Algeciras, y esta vez pudimos conversar educadamente. O eso le pareció a ella. O eso creí yo.

Años después Clara me iba a contar los trozos de su vida que yo me había perdido irremediablemente. E incluso muchos años después la misma Clara (y algunos de sus amigos) volverían a contarme la historia, empezando desde cero o retomando la historia donde yo la había dejado, para ellos era lo mismo (yo era al fin y al cabo un extraño), para mí también, aunque me resistiera, era lo mismo. Clara, predeciblemente, se casó poco después de terminar su noviazgo (sé que la palabra noviazgo es excesiva, pero no se me ocurre otra) conmigo y el afortunado fue, como también era lógico, uno de aquellos amigos a quienes conocí durante mi primer viaje a su ciudad.

Pero anteriormente tuvo problemas mentales: solía soñar con ratas, solía oírlas por la noche en su cuarto, y durante meses, los meses previos a su matrimonio, estuvo durmiendo en el sofá de la sala. Supongo que con la boda desaparecieron las jodidas ratas.

Bien. Clara se casó. Y el marido, el marido al que Clara amaba, resultó una sorpresa incluso para ella. Al cabo de un año o dos años, no lo sé, Clara me lo contó pero lo he olvidado, se separaron. La separación no fue amistosa. El tipo le gritó, Clara le gritó, Clara le dio una bofetada, el tipo le contestó con un puñetazo que le desencajó la mandíbula. A veces, cuando estoy solo y no puedo dormir pero tampoco tengo ánimos para encender la luz, pienso en Clara, la ganadora del segundo puesto en el concurso de belleza, y la veo con la mandíbula colgando, incapaz de volver a encajársela ella sola y conduciendo con una sola mano (con la otra se sostiene la quijada) hacia el hospital más cercano. Me gustaría reírme, pero no puedo.

De lo que sí me río es de su noche de bodas. El día antes la habían operado de hemorroides, así que no fue muy lucida, supongo. O tal vez sí. Nunca le pregunté si pudo hacer el amor con su marido. Creo que lo hicieron antes de la operación. En fin, no importa, todos estos detalles me retratan más a mí que a ella.

El caso es que Clara se separó un año o dos después de la boda y se puso a estudiar. No tenía acabado el bachillerato, por lo que no podía entrar en la universidad, pero, excluyendo eso, lo probó todo: fotografía, pintura (no sé por qué siempre pensó que podía ser una buena pintora), música, mecanografía, informática, todas esas carreras de un año y diploma y promesas de trabajo en la que se meten de cabeza o de culo los jóvenes desesperados. Y Clara, aunque se sentía feliz de haber dejado atrás a un marido que le pegaba, en el fondo era una desesperada.

Volvieron las ratas, las depresiones, las enfermedades misteriosas. Durante dos o tres años estuvo siendo tratada de úlcera y al final se dieron cuenta de que no tenía nada, al menos en el estómago. Por aquella época creo que conoció a Luis, un ejecutivo que se hizo su amante y que además la convenció para que estudiara algo relacionado con administración de empresas. Según los amigos de Clara, ésta por fin había encontrado al hombre de su vida. No tardaron en ponerse a vivir juntos, Clara comenzó a trabajar en unas oficinas, una notaría o una gestoría, no lo sé, un trabajo muy divertido decía Clara sin ningún asomo de ironía, y la vida pareció encarrilarse definitivamente. Luis era un tipo sensible (nunca le pegó), un tipo culto (fue uno de los dos millones de españoles, creo, que compraron los fascículos de la obra completa de Mozart) y un tipo paciente (la escuchaba, la escuchaba todas las noches y los fines de semana). Y aunque Clara tenía pocas cosas que decir sobre sí misma, hablaba de ello incansablemente. Ya no la amargaba el concurso de belleza, por cierto, aunque de tanto en tanto volvía sobre él, sino más bien sus depresiones, su tendencia a la locura, los cuadros que había querido pintar y que no había pintado.

No sé por qué, tal vez porque les faltó tiempo, no tuvieron hijos, aunque Luis, según Clara, se moría por los niños. Pero ella no estaba preparada. Aprovechaba el tiempo para estudiar, para escuchar música (Mozart, pero luego siguieron otros), para hacer fotografías que no mostraba a nadie. A su manera oscura e inútil, intentaba preservar su libertad e intentaba aprender.

A los treintaiún años se acostó con un compañero de oficina. Fue algo simple y sin mayores consecuencias, al menos para ellos dos, pero Clara cometió el error de contárselo a Luis. La pelea fue espantosa. Luis destrozó una silla o un cuadro que él mismo había comprado, se emborrachó y durante un mes no le dirigió la palabra. Según Clara, a partir de ese día las cosas nunca volvieron a ser iguales, pese a la reconciliación, pese a un viaje que realizaron juntos a un pueblo de la costa, un viaje más bien triste y mediocre.

A los treintaidós, su vida sexual era casi inexistente. Y

poco antes de cumplir los treintaitrés, Luis le dijo que la quería, que la respetaba, que nunca la olvidaría, pero que desde hacía varios meses salía con una compañera de trabajo divorciada y con hijos, una chica buena y comprensiva, y que pensaba irse a vivir con ella.

En apariencia, Clara se tomó la separación (era la primera vez que la dejaban) bastante bien. Pero a los pocos meses cayó en una nueva depresión que la obligó a dejar el trabajo temporalmente y a empezar un tratamiento psiquiátrico que no le sirvió de mucho. Las pastillas que tomaba la inhibían sexualmente, aunque intentó, con más voluntad que resultados, acostarse con otras personas, entre ellas yo. Nuestro encuentro fue breve y en líneas generales desastroso. Clara volvió a hablarme de las ratas que no la dejaban en paz, cuando se ponía nerviosa no paraba de ir al baño, la primera noche que nos acostamos se levantó a orinar unas diez veces, hablaba de ella misma en tercera persona, de hecho una vez me dijo que dentro de su alma existían tres Claras, una niña, una vieja –la esclava de su familia– y una joven, la Clara verdadera, con ganas de irse de una vez por todas de aquella ciudad, con ganas de pintar, de hacer fotografías, de viajar y de vivir. Los primeros días de nuestro reencuentro temí por su vida, tanto que a veces ni siquiera salía a comprar por temor a encontrarla muerta a mi regreso, pero con los días mis temores se fueron desvaneciendo y supe (tal vez porque eso era lo que me convenía) que Clara no iba a quitarse la vida, no iba a tirarse por el balcón de su casa, no iba a hacer nada.

Poco después me marché, aunque esta vez decidí llamarla por teléfono cada cierto tiempo, no perder el contacto con una de sus amigas que me mantendría informado (si bien de manera espaciada) de lo que le fuera sucediendo. Así supe algunas cosas que acaso hubiera preferido no saber, episodios que en nada contribuían a mi serenidad, historias de las que un egoísta debe protegerse siempre. Clara volvió al trabajo (las nuevas pastillas que tomaba obraron milagros en su ánimo) y al poco tiempo, tal vez como represalia por la baja tan prolongada, la destinaron a una sucursal de otra ciudad andaluza, no muy lejos de su ciudad. Allí se dedicó a ir al gimnasio (con treintaicuatro años distaba mucho de ser la belleza que conocí con diecisiete) y a entablar nuevas amistades. Así fue como conoció a Paco, divorciado como ella.

No tardaron en casarse. Al principio, Paco ponderaba las fotografías y las pinturas de Clara ante quien quisiera escucharlo. Y Clara creía que Paco era una persona inteligente y de buen gusto. Con el tiempo, sin embargo, Paco dejó de interesarse por los esfuerzos estéticos de Clara y quiso tener un hijo. Clara tenía treintaicinco años y en principio la idea no le entusiasmaba, pero acabó cediendo y tuvieron un hijo. Según Clara, el niño colmaba todos sus anhelos, ésa fue la palabra empleada. Según sus amigos, cada día estaba peor, lo que en realidad quería decir bien poco.

En cierta ocasión, por motivos que no vienen al caso, tuve que pasar una noche en la ciudad de Clara. La llamé desde el hotel, le dije dónde estaba, concertamos una cita para el día siguiente. Yo hubiera preferido verla esa misma noche, pero desde nuestro último encuentro Clara, tal vez con razón, me consideraba una especie de enemigo y no insistí.

Cuando la vi me costó reconocerla. Había engordado y su rostro, pese al maquillaje, exhibía el estrago más que del tiempo de las frustraciones, cosa que me sorprendió pues yo en el fondo nunca creí que Clara aspirara a nada. Y si tú no aspiras a nada, ¿de qué puedes estar frustrado? Su sonrisa también había experimentado un cambio: antes era cálida y un poco tonta, la sonrisa al fin y al cabo de una señorita de capital de provincia, y ahora era una sonrisa mezquina, una sonrisa hiriente en la que era fácil leer el resentimiento, la rabia, la envidia. Nos besamos en las mejillas como dos imbéciles y luego nos sentamos y durante un rato no supimos qué decir. Fui yo quien rompió el silencio. Le pregunté por

154

su hijo, me dijo que estaba en la guardería y luego me preguntó por el mío. Está bien, dije. Los dos nos dimos cuenta de que a menos que hiciéramos algo aquél sería un encuentro de una tristeza insoportable. ¿Cómo me encuentras?, dijo Clara. Sonó como si me pidiera que la abofeteara. Igual que siempre, contesté automáticamente. Recuerdo que nos tomamos un café y después dimos un paseo por una avenida de plátanos que conducía directamente a la estación. Mi tren salía dentro de poco. Pero nos despedimos en la puerta de la estación y nunca más la volví a ver.

Mantuvimos, eso sí, algunas conversaciones telefónicas antes de su muerte. Solía llamarla cada tres o cuatro meses. Con el tiempo había aprendido a no tocar jamás los asuntos personales, los asuntos íntimos en mis charlas con Clara (más o menos de la misma manera en que uno, en los bares, con los desconocidos, sólo habla de fútbol), así que hablábamos de la familia, una familia abstracta como un poema cubista, de la escuela de su hijo, de su trabajo en la empresa, la misma de siempre, en donde con los años llegó a conocer la vida de cada empleado, los líos de cada ejecutivo, secretos que la satisfacían de manera acaso excesiva. En una ocasión intenté sonsacarle algo de su esposo, pero llegados a ese punto Clara se cerraba en banda. Te mereces lo mejor, le dije una vez. Es curioso, contestó Clara. ¿Qué es curioso?, dije yo. Es curioso lo que dices, es curioso que seas precisamente tú quien lo diga, dijo Clara. Intenté cambiar rápidamente de tema, argüí que se me acababan las monedas (nunca he tenido teléfono, nunca lo tendré, siempre llamaba desde una cabina pública), dije adiós precipitadamente y colgué. Ya no era capaz, me di cuenta, de sostener otra pelea con Clara, ya no era capaz de escuchar el esbozo de otra de sus innumerables coartadas.

Una noche, hace poco, me dijo que tenía cáncer. Su voz era tan fría como siempre, la misma voz que me anunció hace años que participaría en un concurso de belleza, la misma voz que hablaba de su vida con un desasimiento propio de un mal narrador, imponiendo puntos exclamativos donde no venían a cuento, enmudeciendo cuando debía haber hablado, escarbado en la herida. Le pregunté, lo recuerdo, lo recuerdo, si ya había ido a ver a un médico, como si ella sola (o con la ayuda de Paco) se lo hubiera diagnosticado. Claro que sí, dijo. Escuché al otro lado del teléfono algo parecido a un graznido. Se reía. Después hablamos brevemente de nuestros hijos y después me pidió, estaría sola o aburrida, que le contara algo de mi vida. Me inventé lo primero que se me pasó por la cabeza y quedé en llamarla la semana siguiente. Esa noche dormí muy mal. Encadené una pesadilla tras otra y de pronto me desperté dando un grito y con la certeza de que Clara me había mentido, que no tenía cáncer, que le pasaba algo, eso era indudable, desde hacía veinte años le estaban ocurriendo cosas, todas pequeñas y jodidas, todas llenas de mierda y sonrientes, pero que no tenía cáncer. Eran las cinco de la mañana, me levanté y caminé hacia el Paseo Marítimo con el viento a favor, lo que era extraño pues el viento siempre sopla del mar hacia el interior del pueblo y pocas veces desde el interior hacia el mar. No me detuve hasta llegar a la cabina telefónica que está junto a la terraza de uno de los bares más grandes del Paseo Marítimo. La terraza estaba desierta, las sillas atadas a las mesas con cadenas, pero en un banco un poco más allá, casi a la orilla del mar, un vagabundo dormía con las rodillas levantadas y de tanto en tanto se estremecía como si tuviera pesadillas.

Pulsé el único teléfono que tenía en mi agenda de la ciudad de Clara que no era de Clara. Tras mucho rato una voz de mujer contestó la llamada. Le dije quién era y de pronto ya no pude hablar más. Pensé que colgaría, pero oí el chasquido de un encendedor y luego los labios aspirando el humo. ¿Sigues ahí?, dijo la mujer. Sí, dije. ¿Has hablado con Clara? Sí, dije. ¿Te dijo que estaba enferma de cáncer? Sí, dije. Pues es verdad, dijo la mujer.

De golpe se me vinieron encima todos los años desde

que conocí a Clara, todo aquello que había sido mi vida y en donde Clara apenas tuvo nada que ver. No sé qué más dijo la mujer al otro lado del teléfono, a más de mil kilómetros de distancia, creo que sin querer, como en el poema de Rubén Darío, me puse a llorar, busqué en mis bolsillos el tabaco, escuché fragmentos de historias, médicos, operaciones, senos amputados, discusiones, puntos de vista distintos, deliberaciones, movimientos que me mostraban a una Clara a la que ya jamás podría conocer, acariciar, ayudar. Una Clara que jamás me podría salvar.

Cuando colgué el vagabundo estaba a mi lado, a menos de un metro de distancia. No lo había oído llegar. Era muy alto, demasiado abrigado para la temporada y me miraba con fijeza, como si fuera corto de vista o temiera una acción inesperada de mi parte. Yo estaba tan triste que ni siquiera me asusté, aunque después, cuando volvía por las calles retorcidas del interior del pueblo, comprendí que por un segundo había olvidado a Clara y que eso ya no se detendría.

Hablamos muchas veces más. Hubo semanas en que la llamé dos veces al día, llamadas cortas, ridículas, en donde lo único que quería decir no se lo podía decir, y entonces hablaba de cualquier cosa, lo primero que se me venía a la cabeza, *nonsenses* que esperaba la hicieran sonreír. En alguna ocasión me puse nostálgico y traté de evocar los días pasados, pero Clara entonces se recubría con su coraza de hielo y yo no tardaba en abandonar la nostalgia. Cuando se fue acercando la fecha de su operación mis llamadas arreciaron. En una ocasión hablé con su hijo. En otra con Paco. Ambos se veían bien, se les oía bien, menos nerviosos que yo al menos. Probablemente estoy equivocado. Seguro que lo estoy. Todos se preocupan por mí, me dijo Clara una tarde. Pensé que se refería a su marido y a su hijo, pero en realidad el todos abarcaba a mucha más gente, mucha más de la que yo pudiera pensar, a *todos*. La tarde anterior al día que debía hospitalizarse, llamé. Me contestó Paco. Clara no estaba. Desde hacía dos días nadie sabía nada de ella. Por el tono que empleó Paco intuí que sospechaba que podía estar conmigo. Se lo dije francamente: conmigo no está, pero esa noche deseé con todo mi corazón que Clara apareciera por mi casa. La esperé con las luces encendidas y al final me dormí en el sofá y soñé con una mujer hermosísima que no era Clara, una mujer alta, con los pechos pequeños, delgada, con las piernas largas, los ojos marrones y profundos, una mujer que nunca sería Clara y que con su presencia la eliminaba, la dejaba reducida a una pobre cuarentañera temblorosa y perdida.

No vino a mi casa.

Al día siguiente volví a llamar a Paco. Repetí la llamada dos días más tarde. Clara seguía sin dar señales de vida. La tercera vez que lo llamé Paco habló de su hijo y se quejó de la actitud de Clara. Todas las noches me pregunto dónde estará, dijo. Por el tono de su voz, por el giro que iba tomando la conversación comprendí que necesitaba mi amistad, la amistad de cualquiera. Pero yo no estaba en condiciones de brindarle ese consuelo.

JOANNA SILVESTRI

Para Paula Massot

Aquí estoy yo, Joanna Silvestri, de 37 años, actriz porno, postrada en la Clínica Los Trapecios de Nîmes, viendo pasar las tardes y escuchando las historias de un detective chileno. ¿A quién busca este hombre? ¿A un fantasma? Yo de fantasmas sé mucho, le dije la segunda tarde, la última que vino a visitarme, y él compuso una sonrisa de rata vieja, rata vieja que asiente sin entusiasmo, rata vieja inverosímilmente educada. De todas maneras, gracias por las flores, gracias por las revistas, pero yo a la persona que usted busca ya casi no la recuerdo, le dije. No se esfuerce, dijo él, tengo tiempo. Cuando un hombre dice que tiene tiempo ya está atrapado (y entonces es intrascendente que tenga o no tenga tiempo) y con él se puede hacer lo que una quiera. Por supuesto, esto es falso. A veces me pongo a recordar a los hombres que he tenido a mis pies y cierro los ojos y cuando los abro las paredes de la habitación están pintadas con otros colores, no el blanco hueso que veo cada día, sino bermellón estriado, azul náusea, como los cuadros del pintor Attilio Corsini, una nulidad. Una nulidad de cuadros que una preferiría no recordar y que sin embargo recuerda y que empujan, como una lavativa, otros recuerdos, éstos más bien de color sepia, que hacen que las tardes tiemblen ligeramente, y que al principio son difíciles de soportar pero después hasta son entretenidos. Los hombres que he tenido

159

a mis pies son pocos en realidad, dos o tres, y siempre acabaron a mis espaldas, pero ése es el destino universal. Y eso
no se lo dije al detective chileno, aunque en ese momento
era lo que estaba pensando y me hubiera gustado compar-
tirlo con él, un hombre al que no conocía de nada. Y como
para reparar esa falta de delicadeza le di trato de detective,
tal vez mencioné la soledad y la inteligencia y aunque él se
apresuró a decir no soy detective madame Silvestri, yo noté
que le había gustado que se lo dijera, lo miré a los ojos
cuando se lo dije y aunque aparentemente ni se inmutó yo
noté el aleteo, como si un pájaro hubiera pasado por su cabeza. Y una cosa iba por otra: no dije lo que pensaba, dije
algo que sabía le iba a agradar. Dije algo que sabía le iba a
traer buenos recuerdos. Como si a mí ahora alguien, un
desconocido preferiblemente, me hablara del Festival de
Cine Pornográfico de Civitavecchia y de la Feria de Cine
Erótico de Berlín, de la Exposición de Cine y Vídeo Pornográfico de Barcelona, y evocara mis éxitos, incluso mis éxitos inexistentes, o hablara de 1990, el mejor año de mi vida,
cuando viajé a Los Ángeles, casi a la fuerza, un vuelo Milán-
Los Ángeles que preveía agotador y que por el contrario
pasó como un sueño, como el sueño que tuve en el avión,
debió de ser cruzando el Atlántico, soñé que el avión se diri-
gía a Los Ángeles pero tomando la ruta de Oriente, con es-
calas en Turquía, la India, China, y desde el avión, que no sé
por qué volaba a tan baja altura (sin que por ello en ningún
momento los pasajeros corriéramos peligro), podía ver caravanas de trenes, pero caravanas realmente largas, un movimiento ferroviario enloquecido y sin embargo preciso,
como un enorme reloj desplegado por esas tierras que no
conozco (si exceptúo un viaje a la India en el 87 del que es
mejor no acordarse), cargando y descargando gente y mercaderías, todo muy nítido, como si estuviera viendo una de
esas películas de dibujos animados con las que los economis-
tas explican el estado de las cosas, su nacimiento, su muerte, su movimiento inercial. Y cuando llegué a Los Ángeles

160

en el aeropuerto me estaba esperando Robbie Pantoliano, el hermano de Adolfo Pantoliano, y fue no más ver a Robbie y darme cuenta de que era un caballero, todo lo contrario de su hermano Adolfo (que Dios lo tenga en la Gloria o en el Purgatorio, a nadie le deseo el Infierno), y en la salida me esperaba una limusina de esas que sólo se ven en Los Ángeles, ni siquiera en Nueva York, sólo en Beverly Hill o en el condado de Orange, y después me llevaron al apartamento que alquilaron para mí, una casita pequeña pero preciosa cerca de la playa, y Robbie y su secretario Ronnie se quedaron conmigo a ayudarme a deshacer las maletas (aunque yo les juré que prefería hacerlo sola) y a explicarme cómo funcionaba la casa, como si creyeran que yo no sabía lo que era un microondas, los americanos a veces son así, de tan amables llegan a ser maleducados, y luego me pusieron un vídeo para que viera a mis compañeros y compañeras, Shane Bogart, ya lo conocía de una película que filmé para el hermano de Robbie, Bull Edwards, a ése no lo conocía, Darth Krecick, me sonaba de algo, Jennifer Pullman, otra desconocida, y así, unos tres o cuatro más, y luego Robbie y Ronnie se fueron y me quedé sola y cerré las puertas con doble seguridad, tal como ellos insistieron que hiciese, y después me di un baño, me enfundé en una bata negra, busqué una película vieja en la tele, algo que me terminara de serenar y no sé en qué momento, sin levantarme del sofá, me quedé dormida. Al día siguiente comenzamos a rodar. Qué diferente era todo de como yo lo recordaba. En total hicimos cuatro películas en dos semanas, más o menos con el mismo equipo, y trabajar a las órdenes de Robbie Pantoliano era como jugar y trabajar al mismo tiempo, era como hacer una excursión al campo de esas que a veces organizan los burócratas o los empleados de oficina, sobre todo en Roma, una vez al año todos a comer al campo y a olvidar los problemas de la oficina, pero esto era mejor, el sol era mejor, los departamentos eran mejores, el mar, las amigas reencontradas, la atmósfera que se respiraba durante el rodaje, viciosa pero

161

fresca, como debe ser, y con Shane Bogart y otra chica creo
que lo comentamos, el cambio que se había producido, y yo
al principio, claro, lo achaqué a la muerte de Adolfo Pantoliano, que era un macarrón y traficante de la peor especie,
un tipo que no respetaba ni a sus pobres putas maltratadas,
la desaparición de un mamón de esa especie por fuerza se
tenía que notar, pero Shane Bogart dijo que no, que no era
eso, la muerte de Pantoliano recibida con alegría hasta por
su hermano necesariamente no explicaba el gran cambio
que se estaba produciendo en la industria, afirmó, más bien
era una mezcla de cosas en apariencia diversas, el dinero,
dijo, la irrupción en el negocio de gentes provenientes de
otros sectores, la enfermedad, la urgencia de ofrecer un producto diferente aunque igual, y entonces ellos se pusieron a
hablar de dinero y del salto que muchas estrellas porno estaban dando por aquellos días al celuloide normal, pero yo
ya no los escuchaba, me puse a pensar en lo que dijeron de
la enfermedad y en Jack Holmes, el que había sido hasta hacía unos años la gran estrella porno de California, y cuando
terminamos aquel día le dije a Robbie y a Ronnie que me
gustaría saber algo de Jack Holmes, que si me podían con-
seguir su teléfono, que si aún vivía en Los Ángeles. Y aunque al principio a Robbie y a Ronnie les pareció una idea
descabellada, al final me dieron el teléfono de Jack Holmes
y me dijeron que lo llamara si ésa era mi voluntad, pero que
no me hiciera demasiadas esperanzas de oír a alguien muy
cuerdo al otro lado del hilo, que no me hiciera esperanzas
de oír la vieja voz familiar. Y esa noche cené con Robbie y
Ronnie y Sharon Grove que ahora hacía películas de terror
y que incluso afirmaba que iba a estar en la próxima de Carpenter o Clive Barker, lo que provocó la ira de Ronnie que
no permitía esa clase de comparaciones, con Carpenter sólo
unos pocos se podían medir, y también estuvo en la cena
Danny Lo Bello, con el que yo tuve una historia cuando trabajamos juntos en Milán, y Patricia Page, su mujer de dieciocho años que sólo aparecía en las películas de Danny y

162

que por contrato sólo se dejaba penetrar por su marido, con los otros lo más que hacía era chuparles la polla, pero incluso eso como a disgusto, los directores tenían problemas con ella, según Robbie tarde o temprano iba a tener que replantearse la profesión o inventar junto con Danny números de auténtica dinamita. Y allí estaba yo, cenando en uno de los mejores restaurantes de Venice, contemplando el mar desde nuestra mesa, agotada tras un arduo día de trabajo y sin prestar demasiada atención a la animada conversación de mis compañeros, con la mente puesta en Jack Holmes o en las imágenes que guardaba de Jack Holmes, un tipo muy alto y flaco y con la nariz larga y los brazos largos y peludos como los de un simio, ¿pero qué clase de simio podía ser Jack?, un simio en cautiverio, eso sin el menor asomo de duda, un simio melancólico o tal vez el simio de la melancolía, que aunque parece lo mismo no es lo mismo, y cuando la cena terminó, a una hora en la que aún podía llamar a Jack a su casa sin problemas, las cenas en California comienzan pronto, a veces acaban antes de que anochezca, no pude aguantar más, no sé qué me pasó, le pedí a Robbie su teléfono inalámbrico y me retiré a una especie de mirador todo de madera, una especie de molo de madera en miniatura para uso exclusivo de turistas donde abajo rompían las olas, unas olas largas, pequeñitas, casi sin espuma y que tardaban una eternidad en deshacerse, y llamé a Jack Holmes. No esperaba encontrarlo, ésa es la verdad. Al principio no reconocí su voz, tal como había dicho Robbie, y él tampoco reconoció la mía. Soy yo, dije, Joanna Silvestri, estoy en Los Ángeles. Jack se quedó callado mucho rato y de repente me di cuenta de que estaba temblando, el teléfono temblaba, el mirador de madera temblaba, el viento de pronto era frío, el viento que pasaba por los pilares del mirador, el que erizaba la superficie de esas olas inacabables, cada vez más negras, y después Jack dijo cuánto tiempo, Joanna, me alegra oírte, y yo dije a mí también me alegra oírte, Jack, y entonces dejé de temblar y dejé de mirar hacia

163

abajo, me puse a mirar el horizonte, las luces de los restaurantes de la playa, rojas, azules, amarillas, luces que a primera vista me parecieron tristes pero al mismo tiempo re-
confortantes, y después Jack dijo cuándo podré verte,
Joannie, y al principio yo no me di cuenta de que me había llamado Joannie, durante algunos segundos floté en el
aire como drogada o como si estuviera tejiendo una crisáli-
da a mi alrededor, pero luego sí me di cuenta y me reí y
Jack supo de qué me reía sin necesidad de preguntar y sin
necesidad de que yo le dijera nada. Cuando tú quieras, Jack,
le contesté. Bueno, dijo él, no sé si sabes que ya no estoy tan
en forma como antes. ¿Estás solo, Jack? Sí, dijo él, siempre
estoy solo. Entonces yo colgué y les dije a Robbie y Ronnie
que me indicaran cómo llegar a la casa de Jack y ellos dijeron que lo más probable era que me perdiera y que ni se me
ocurriera pasar la noche allí pues mañana rodábamos a primera hora y que lo más probable era que ningún taxi me
quisiera llevar, Jack vivía cerca de Monrovia, en un bungalow que se estaba viniendo abajo de viejo y descuidado, y yo
les dije que pensaba ir esa noche costara lo que costara y
Robbie me dijo coge mi Porsche, te lo dejo con la condición
de que mañana estés a la hora convenida, y yo les di un
beso a Robbie y a Ronnie y me subí al Porsche y comencé a
recorrer las calles de Los Ángeles que en ese preciso momento comenzaban a caer bajo la noche, bajo el manto de
la noche como en una canción de Nicola Di Bari, bajo las
ruedas de la noche, y no quise poner música aunque Robbie
tenía un equipo de CD digital o láser o de ultrasonidos francamente tentador, pero yo no necesitaba música, me basta-
ba con pisar el acelerador y sentir el ronroneo del coche, supongo que me perdí por lo menos una docena de veces, y
pasaban las horas y cada vez que le preguntaba a alguien
por la mejor manera de llegar a Monrovia me sentía más li-
berada, como si no me importara pasarme toda la noche en
el Porsche, en dos ocasiones hasta me descubrí cantando, y
por fin llegué hasta Pasadena y de ahí tomé la 210 hasta

Monrovia y allí busqué durante otra hora la calle donde vivía Jack Holmes y cuando encontré su bungalow, pasada medianoche, estuve un rato en el coche sin poder ni querer salir, mirándome en el espejo, el pelo revuelto y la cara descompuesta, la pintura de los ojos corrida, la pintura de los labios, el polvo del camino pegado a los pómulos, como si hubiera llegado corriendo y no en el Porsche de Robbie Pantoliano, o como si hubiera llorado durante el camino, pero lo cierto es que mis ojos estaban secos (tal vez algo enrojecidos, pero secos) y que las manos no me temblaban y que tenía ganas de reírme, como si me hubieran puesto alguna droga en la comida en la playa, y sólo entonces me diera cuenta de que estaba drogada o extremadamente feliz y lo aceptara. Y después me bajé del coche, puse la alarma, el barrio no era de los que inspiran seguridad, y me encaminé hacia el bungalow, que era tal como me lo había descrito Robbie, una casa pequeña a la que le hacía falta una mano de pintura, un porche desvencijado, un montón de tablas a punto de derrumbarse, pero junto a las cuales había una piscina, una muy pequeña pero con el agua limpia, eso lo noté de inmediato pues la luz de la piscina estaba encendida, recuerdo que pensé por primera vez que Jack no me esperaba o se había dormido, en el interior de la casa no había ninguna luz, el suelo del porche crujió con mis pisadas, no había timbre, golpeé dos veces la puerta, la primera con los nudillos y después con la palma de la mano y entonces se encendió una luz, oí que alguien decía algo en el interior de la casa y luego la puerta se abrió y Jack apareció en el umbral, más alto que nunca, más flaco que nunca, y dijo ¿Joannie?, como si no me conociera o como si aún no estuviera despierto del todo, y yo dije sí, Jack, soy yo, me ha costado encontrarte pero al final te he encontrado y lo abracé. Esa noche hablamos hasta las tres de la mañana y durante la conversación Jack se quedó dormido por lo menos dos veces. Se le veía cansado y débil, aunque hacía esfuerzos por mantener los ojos abiertos. Finalmente no pudo más y dijo que se iba a acostar. No tengo habitación de huéspedes, Joannie, dijo, así que escoge: mi cama o el sofá. Tu cama, dije yo, contigo. Bien, dijo él, vamos allá. Cogió una botella de tequila y nos fuimos a su habitación. Creo que hacía años no veía un cuarto más desordenado. ¿Tienes un despertador?, le pregunté. No, Joannie, en esta casa no hay relojes, dijo. Después apagó la luz, se desnudó y se metió en la cama. Yo lo observaba, de pie, sin moverme. Después me dirigí a la ventana y abrí las cortinas, confiando en que la luz del amanecer me hiciera de despertador. Cuando me metí en la cama Jack parecía dormido, pero no lo estaba, aún bebió un trago más de tequila y luego dijo algo que no entendí. Pasé mi mano por su vientre y lo estuve acariciando hasta que se quedó dormido. Luego bajé un poco más y toqué su polla, grande y fría como una pitón. Unas horas después me desperté, me di una ducha, preparé el desayuno e incluso tuve tiempo de arreglar un poco la sala y la cocina. Desayunamos en la cama. Jack parecía contento de verme, pero sólo tomó café. Le dije que volvería aquella tarde, que me esperara, que esta vez llegaría pronto, y él dijo no tengo nada que hacer, Joannie, puedes venir cuando quieras. Me di cuenta de que aquello casi era como una invitación para que no volviera a aparecer por allí nunca más, pero decidí que Jack me necesitaba y que yo también lo necesitaba a él. ¿Con quién trabajas?, dijo. Con Shane Bogart, dije. Es un buen chico, dijo Jack. En una ocasión trabajamos juntos, creo que cuando él empezaba en el negocio, es un chico animoso, además no le gusta meterse en problemas. Sí, es un buen chico, dije yo. ¿Y en dónde estáis trabajando? ¿En Venice? Sí, dije, en la vieja casa de siempre. ¿Pero tú sabes que mataron al viejo Adolfo? Claro que lo sé, Jack, eso ocurrió hace años. No trabajo mucho últimamente, dijo. Luego le di un beso, un beso de colegiala en sus labios delgados y resecos, y me marché. Esta vez el viaje fue mucho más rápido, el sol de las mañanas de California, un sol que tiene algo de metálico en los bordes, corría conmigo. Y desde entonces, después de cada sesión de trabajo, me iba a casa de Jack o salíamos juntos, Jack tenía una vieja ranchera y yo alquilé un Alfa Romeo de dos plazas con el que solíamos alejarnos hasta las montañas, hasta Redlands y luego por la 10 hasta Palm Springs, Palm Desert, Indio, hasta llegar al Salton Sea, que es un lago y no un mar y además un lago más bien feo, en donde comíamos comida macrobiótica que era la comida que por entonces Jack consumía, decía que por su salud, y un día pisamos el acelerador de mi Alfa Romeo hasta Calipatria, al sureste del Salton Sea, y fuimos a visitar a un amigo de Jack que vivía en un bungalow aún en peores condiciones que el de Jack, un tipo llamado Graham Monroe pero al que Jack y su mujer llamaban Mezcalito, no sé por qué, tal vez por su afición al mezcal aunque lo único que bebieron mientras estuvimos allí fue cerveza (yo no porque la cerveza engorda), y después ellos tres estuvieron tomando baños de sol detrás del bungalow y bañándose con una manguera y yo me puse un bikini y los estuve mirando, yo prefiero no tomar demasiado sol, tengo la piel muy blanca y me gusta cuidarla, pero aunque me mantuviera en la sombra y no permitiera que me mojaran con la manguera me gustaba estar allí, mirando a Jack, mirando sus piernas que estaban mucho más delgadas de lo que yo recordaba, mirando su tórax que parecía habérsele hundido un poco más, sólo la polla era la misma, sólo los ojos eran los mismos, pero no, en realidad sólo la gran máquina taladradora como decían en la publicidad de sus películas, la verga que había destrozado el culo de Marilyn Chambers, era la misma, el resto, ojos incluidos, se estaba apagando a la misma velocidad con que mi Alfa Romeo recorría el valle de Aguanga o el Desert State Park iluminados por la luz de un domingo agonizante. Creo que hicimos el amor un par de veces. Jack había perdido el interés. Según él, después de tantas películas ahora estaba seco. Eres el primer hombre que me dice eso, le dije. Me gusta ver la tele, Joannie, y leer novelas de misterio. ¿De miedo? No, de misterio, dijo, de detectives, a ser posible aquellas en donde al final el héroe muere. No existen esas novelas, le dije. Claro que existen, hermanita, son novelas baratas y antiguas y se compran a peso. En realidad en su casa no vi libros, exceptuando un manual médico y tres de aquellas novelas baratas a las que Jack se refería y que al parecer releía una y otra vez. Una noche, tal vez la segunda que pasé en su casa, o la tercera, Jack era lento como un caracol en lo que respecta a las confidencias o las revelaciones, mientras bebíamos vino junto a la piscina me dijo que lo más probable era que se muriera pronto, ya sabes cómo es esto, Joannie, cuando ha llegado la hora es que ha llegado la hora. Tuve ganas de gritarle que me hiciera el amor, que nos casáramos, que tuviéramos un hijo o que adoptáramos a un huérfano, que compráramos una mascota y una caravana y que nos dedicáramos a viajar por California y por México, supongo que estaba un poco borracha y cansada, ese día seguramente el trabajo había sido agotador, pero no dije nada, sólo me removí inquieta en mi tumbona, contemplé el cesped que yo misma había cortado, bebí más vino, esperé las siguientes palabras de Jack, las que por fuerza tenían que seguir, pero él no dijo nada más. Esa noche hicimos el amor por primera vez después de tanto tiempo. Costó mucho poner a Jack en marcha, su cuerpo ya no funcionaba, sólo funcionaba su voluntad, y pese a todo él insistió en ponerse un condón, un condón para la verga de Jack, como si un condón pudiera contenerla, pero al menos eso sirvió para que nos riéramos un rato, al final, ambos de lado, metió su larga y gruesa verga fláccida entre mis piernas, me abrazó dulcemente y se quedó dormido, yo aún tardé mucho rato en dormirme y por la cabeza me pasaron ideas de lo más raras, por momentos me sentía triste y lloraba sin hacer ruido, para no despertarlo, para no romper nuestro abrazo, por momentos me sentía feliz y también lloraba, hipando, sin la más mínima discreción, apretando entre mis muslos la polla de Jack y escuchando su respiración, diciéndole: Jack, sé que te estás haciendo el dormido, Jack, abre los ojos y bésame, pero Jack seguía durmiendo o fingiendo que dormía y yo seguía contemplando como en el cine las ideas que me pasaban por la cabeza, como un arado, como un tractor rojo a cien kilómetros por hora, muy rápidas, casi sin tiempo para reflexionar, si es que entonces hubiera deseado reflexionar, cosa que obviamente no entraba en mis planes, y por momentos ni lloraba ni me sentía triste o feliz, sólo me sentía viva y lo sentía vivo a él y aunque todo tenía un fondo como de teatro, como de farsa amable, inocente, incluso conveniente, yo sabía que aquello era verdadero, que valía la pena, y luego metí mi cabeza debajo de su cuello y me dormí. Un mediodía Jack apareció por el rodaje. Yo estaba a cuatro patas y mientras se lo chupaba a Bull Edwards, Shane Bogart me sodomizaba. Al principio no me di cuenta de que Jack había entrado en el plató, estaba concentrada en lo que hacía, no es fácil gemir con una polla de veinte centímetros entrando y saliendo de tu boca, algunas chicas muy fotogénicas se descomponen en cuanto hacen una mamada, se les ve horribles, demasiado entregadas acaso, a mí me gusta que mi rostro se vea bien. Bueno, yo estaba concentrada en el trabajo y además, debido a mi posición, no podía ver lo que ocurría alrededor, pero Bull y Shane, que estaban de rodillas pero con los torsos erguidos y las cabezas levantadas, sí que se dieron cuenta de que Jack acababa de entrar y las vergas se les endurecieron casi de inmediato, y no sólo Bull y Shane, el director, Randy Cash y Danny Lo Bello y su mujer y Robbie y Ronnie y los electricistas y todo el mundo, creo yo, menos el cámara, que se llamaba Jacinto Ventura y era un chico muy alegre y muy profesional y que además literalmente no podía quitarle el ojo a la escena que estuviera filmando, todos, digo, expresaron de alguna manera la presencia inesperada de Jack y se hizo entonces el silencio sobre el plató, no un silencio pesado, no un silencio de esos que presagian malas noticias, sino un silencio luminoso, si puedo llamarlo así, un silencio de agua que cae en cámara lenta, y yo sentí ese silencio y pensé debe de ser por lo bien que me siento, por lo buenos que son estos días en California, pero también sentí algo más, algo indescifrable que se acercaba precedido por los golpes rítmicos de las caderas de Shane sobre mis nalgas, por los suaves embites de Bull sobre mis labios, y entonces supe que ocurría algo en el plató, pero no levanté la mirada, y supe también que ocurría algo que me comprendía y afectaba únicamente a mí, como si la realidad se hubiera trizado, una trizadura de un extremo a otro, similar a la cicatriz que queda después de ciertas operaciones, desde el cuello hasta la ingle, una cicatriz gruesa, rugosa, dura, pero me aguanté y seguí actuando hasta que Shane sacó su verga de mi culo y se corrió sobre mis nalgas y hasta que Bull poco después lo siguió y eyaculó en mi cara. Entonces me voltearon y quedé boca arriba y pude ver sus rostros, extremadamente concentrados en lo que hacían, mucho más que de costumbre, y mientras me acariciaban y decían palabras cariñosas yo pensé aquí pasa algo, seguro que en el plató hay alguien de la industria, un pez gordo de Hollywood, y Bull y Shane se han dado cuenta y están actuando para él, y recuerdo que miré de reojo las siluetas que nos rodeaban en la zona de sombras, todas quietas, todas petrificadas, eso fue exactamente lo que pensé: se han quedado petrificados, debe de ser un productor verdaderamente importante, pero seguí sin inmutarme, yo, al contrario que Bull y Shane, no tenía ambiciones al respecto, supongo que es algo inherente al hecho de ser europea, los europeos vemos esto de otra manera, pero también pensé: puede que no sea un productor, puede que haya entrado un ángel en el plató, y justo entonces lo vi. Jack estaba junto a Ronnie y me sonreía. Y entonces vi a los demás, a Robbie, a los electricistas, a Danny Lo Bello y su mujer, a Jennifer Pullman, a Margo Killer, a Samantha Edge, a dos tipos vestidos con trajes oscuros, a Jacinto Ventura que no tenía la cabeza metida en la cámara y sólo entonces me di cuenta de que ya no estaban filmando, pero durante un segundo o un minuto todos permanecimos estáticos, como si hubiéramos perdido el habla y la capacidad de movernos, y el único que sonreía (pero tampoco hablaba) era Jack, y con su presencia parecía santificar el plató, o eso pensé después, mucho después, cuando volví una y otra vez sobre esta escena, parecía santificar nuestra película y nuestro trabajo y nuestras vidas. Después el minuto llegó a su fin, comenzó otro minuto, alguien dijo que había quedado perfecto, alguien trajo batas para Bull, para Shane, para mí, Jack se acercó y me dio un beso, las siguientes escenas de aquel día no me concernían, le dije que nos marcháramos a cenar a algún restaurante italiano, me habían hablado de uno en Figueroa Street, Robbie nos invitó a la fiesta que daba en su casa uno de sus nuevos socios, Jack parecía renuente pero finalmente lo convencí. Así que nos fuimos para mi casa en el Alfa Romeo y estuvimos conversando y bebiendo whisky un rato y después nos fuimos a cenar y a eso de las once de la noche nos presentamos en la fiesta de los socios de Robbie. Todo el mundo estaba allí, todo el mundo conocía a Jack o quería conocerlo y se acercaba a él. Y después Jack y yo nos fuimos a su casa y nos estuvimos besando en la sala, mientras veíamos la tele, una película muda, hasta quedarnos dormidos. Ya no volvió a aparecer por el plató. Aún trabajé durante otra semana, aunque ya tenía decidido quedarme un tiempo más en Los Ángeles cuando acabara el rodaje. Por supuesto, tenía compromisos en Italia, en Francia, pero pensé que los podía dilatar o que antes de irme podía convencer a Jack para que se viniera conmigo, él había estado varias veces en Italia, hizo algunas películas con Cicciolina que tuvieron mucho éxito, algunas conmigo, alguna con las dos, a Jack le gustaba Italia, una noche se lo dije. Pero tuve que desechar esa idea, me la tuve que arrancar de la cabeza, del corazón, me tuve que extirpar esa idea o esa esperanza del coño, como dicen las napolitanas de Torre del Greco, y aunque nunca me di por vencida, de alguna manera que no me puedo explicar comprendí las razones de Jack, las sinrazones

171

de Jack, el silencio luminoso y fresco, lentísimo, que lo envolvía a él y envolvía sus pocas palabras, como si su figura alta y flaca se estuviera desvaneciendo, y con ella toda California, y pese a que lo que yo hasta hacía poco consideraba mi felicidad, mi alegría, se iba, comprendí también que esa marcha o esa despedida era una forma de solidificación, una forma extraña, sesgada, casi secreta de solidificación, pero solidificación al fin y al cabo, y esa certeza, si así puedo llamarla, me hacía feliz y al mismo tiempo me hacía llorar, me hacía maquillarme los ojos a cada rato y me hacía ver cada cosa con otros ojos, como si tuviera rayos X, y ese poder o superpoder me ponía nerviosa, pero también me gustaba, era como ser Marvilla, la hija de la reina de las amazonas, aunque Marvilla tenía el pelo negro y el mío es rubio, y una tarde, en el patio de Jack, vi algo en el horizonte, no sé qué, las nubes, algún pájaro, un avión, y sentí tanto dolor que me desmayé y perdí el control de la vejiga y cuando desperté estaba en los brazos de Jack y entonces miré sus ojos grises y me puse a llorar y no paré de llorar en mucho tiempo. Al aeropuerto fueron a despedirme Robbie y Ronnie y Danny Lo Bello y su mujer, que planeaban visitar Italia dentro de unos meses. A Jack le dije adiós en su bungalow de Monrovia. No te levantes, le dije, pero él se levantó y me acompañó hasta la puerta. Sé buena chica, Joannie, dijo, escríbeme alguna vez. Te llamaré por teléfono, dije yo, el mundo no se acaba. Estaba nervioso y olvidó ponerse la camisa. Yo no le dije nada, cogí mi maleta y la puse en el asiento del copiloto del Alfa Romeo. Cuando me volví para verlo por última vez no sé por qué pensé que ya no estaría allí, que el espacio que Jack ocupaba junto al pequeño portón de madera desvencijada estaría vacío, y prolongué ese momento por miedo, era la primera vez que sentía miedo en Los Ángeles, al menos era la primera vez que sentía miedo en aquella estancia, en otras el miedo y el hastío no escasearon, pero en aquellos días no, y me dio rabia sentir miedo y no quise volverme hasta no haber abierto la puerta del

Alfa Romeo y estar dispuesta a meterme dentro y salir disparada, y cuando por fin abrí la puerta me volví y Jack estaba allí, junto a su puerta, mirándome, y entonces supe que todo estaba bien, que podía partir. Que todo estaba mal, que podía partir. Que todo era una pena, que podía partir. Y mientras el detective me observa de reojo (él hace como que mira los pies de la cama, pero yo sé que mira mis piernas, mis largas piernas debajo de las sábanas) y habla de un fotógrafo que trabajó con Mancuso y Marcantonio, un tal R. P. English, el segundo cámara del pobre Marcantonio, yo sé que de alguna manera aún estoy en California, en mi último viaje a California, aunque entonces eso aún no lo sabía, y que Jack aún está vivo y contempla el cielo sentado en el borde de su piscina, con los pies colgando dentro del agua o dentro de la nada, la síntesis brumosa de nuestro amor y de nuestra separación. ¿Y qué hizo el tal English?, le digo al detective. Él prefiere no contestarme, pero ante la fijeza de mi mirada dice: barbaridades, y luego mira el suelo, como si pronunciar esa palabra estuviera prohibido en la Clínica Los Trapecios, de Nîmes, como si yo no hubiera sabido de suficientes barbaridades a lo largo de mi vida. Y llegado a este punto yo podría preguntar más cosas, pero para qué, la tarde es demasiado hermosa para obligar a un hombre a contar una historia que seguramente será triste. Y además la foto que me enseña del presunto English es vieja y borrosa, allí hay un joven de veintipocos años, y el English que yo recuerdo es un tipo bastante entrado en la treintena, tal vez de más de cuarenta, una sombra definida, valga la paradoja, una sombra derrotada a la que no presté demasiada atención, aunque sus rasgos quedaron en mi memoria, los ojos azules, los pómulos pronunciados, los labios llenos, las orejas pequeñas. Sin embargo describirlo de esta manera es falsearlo. Conocí a R. P. English en alguno de mis múltiples rodajes por las tierras de Italia, pero su rostro ya hace mucho se instaló en la zona de las sombras. Y el detective me dice está bien, conforme, tómese su tiempo, madame Silvestri, por lo menos lo recuerda, eso ya es algo para mí, ciertamente no es un fantasma. Y entonces estoy tentada de decirle que todos somos fantasmas, que todos hemos entrado demasiado pronto en las películas de los fantasmas, pero este hombre es bueno y no quiero hacerle daño y por lo tanto me quedo callada. Además, quién me asegura a mí que él no lo sabe.

VIDA DE ANNE MOORE

El padre de Anne Moore luchó por la democracia en un barco hospital, en el Pacífico, desde 1943 hasta 1945. Su primera hija, Susan, nació mientras él navegaba por el mar de Filipinas, poco antes de finalizar la Segunda Guerra Mundial. Después volvió a Chicago y en 1948 nació Anne. Pero Chicago no le gustaba al doctor Moore y tres años más tarde se marchó junto con toda su familia a Great Falls, en el estado de Montana.

Allí creció Anne y su infancia fue apacible, pero también extraña. En 1958, cuando tenía diez años, vio por primera vez el rostro de carbón, el rostro manchado de tierra (así lo define ella, indistintamente), de la realidad. Su hermana tenía un novio llamado Fred, de quince años. Un viernes Fred llegó a casa de los Moore y dijo que sus padres se habían marchado de viaje. La madre de Anne dijo que no le parecía correcto dejar solo en casa a un chico que apenas era un adolescente. El padre de Anne opinó que Fred ya era un hombrecito y que sabía cuidarse solo. Esa noche Fred cenó en casa de los Moore y luego estuvo en el porche conversando con Susan y Anne hasta las diez. Antes de marcharse se despidió de la señora Moore. El doctor Moore ya se había acostado.

Al día siguiente Susan y Anne dieron una vuelta por el parque en el coche de los padres de Fred. Según me contó

175

Anne, el estado de ánimo de Fred era notablemente distinto del exhibido la noche anterior. Ensimismado, casi sin decir nada salvo monosílabos, parecía haber reñido con Susan. Durante un rato estuvieron en el coche sin hacer nada, en silencio, Fred y Susan en la parte de adelante y Anne en la parte de atrás, y luego Fred propuso que fueran a su casa. Susan no contestó y Fred puso en marcha el coche y estuvieron dando vueltas por las calles de un barrio pobre que Anne no conocía, como si Fred se hubiera perdido o como si en el fondo, pese a haberlas invitado, en realidad no quisiera llevarlas a su casa. Durante el trayecto, recuerda Anne, Susan no miró ni una sola vez a Fred, todo el rato se lo pasó mirando por la ventanilla, como si las casas y las calles que se iban sucediendo lentamente fueran un espectáculo único. Tampoco Fred, la vista clavada al frente, miró ni una sola vez a Susan. Tampoco pronunciaron una sola palabra ni la miraron a ella, en el asiento de atrás, aunque en una ocasión, una sola, la niña que entonces era Anne capturó el fulgor de los ojos de Fred, que la observó brevemente por el espejo retrovisor.

Cuando por fin llegaron a la casa ni Fred ni Susan hicieron ademán de bajarse. Incluso la forma en que Fred estacionó el coche, junto al bordillo de la acera y no en el garaje, invitaba a una cierta provisionalidad en los actos, a una interrupción de la continuidad. Como si al estacionar el coche de esa forma, Fred nos permitiera y se permitiera a sí mismo un tiempo extra para pensar, recuerda Anne.

Después (pero Anne no recuerda cuánto tiempo pasó) Susan se bajó del coche, le ordenó a ella que hiciera lo mismo, la cogió de la mano y se marcharon de allí sin despedirse. Cuando llevaban varios metros de distancia, Anne se volvió y vio la nuca de Fred, en el mismo lugar, sentado al volante, como si aún estuviera conduciendo, la vista fija al frente, dice Anne, aunque puede que entonces tuviera los ojos cerrados o puede que los tuviera entornados o que mirara el suelo o que estuviera llorando.

176

Volvieron a casa caminando y Susan, pese a sus preguntas, no le quiso dar ninguna explicación de su actitud. Esa tarde a Anne no le hubiera extrañado ver aparecer a Fred en el jardín de su casa. En otras ocasiones había sido testigo de peleas entre éste y su hermana mayor y el rencor nunca fue duradero. Pero Fred no apareció ese sábado, ni el domingo, y el lunes no fue a clases, según confesaría Susan más tarde. El miércoles la policía detuvo a Fred por conducir en estado de ebriedad en la parte baja de Great Falls. Después de ser interrogado, dos policías fueron a su casa y encontraron a los padres muertos, la madre en el cuarto de baño y el padre en el garaje. El cadáver de este último estaba a medio envolver en mantas y cartones, como si Fred pensara deshacerse de él en los próximos días.

A raíz de este crimen, Susan, que al principio mantuvo una entereza notable, se derrumbó y durante varios años estuvo visitando psicólogos. Anne, por el contrario, siguió igual que siempre, aunque el incidente o la sombra del incidente resurgiría en el futuro de manera intermitente. Pero por el momento ni siquiera soñó con Fred y si soñó tuvo la cautela de olvidar el sueño apenas entraba en la vigilia.

A los diecisiete años Anne se marchó a estudiar a San Francisco. Dos años antes lo había hecho Susan, matriculada en Medicina, en Berkeley: compartía un apartamento con otras dos estudiantes en la parte sur de Oakland, cerca de San Leandro y muy de vez en cuando escribía a sus padres. Cuando Anne llegó encontró a su hermana en un estado deplorable. Susan no estudiaba, durante el día dormía y por las noches desaparecía hasta bien entrada la mañana siguiente. Anne se matriculó en Literatura Inglesa e hizo un curso de Pintura Impresionista. Por las tardes se puso a trabajar en una cafetería de Berkeley. Los primeros días vivió en el mismo cuarto que su hermana. En realidad hubiera podido estar así indefinidamente. Susan dormía durante el día, en las horas en que Anne estaba en la universidad, por las noches rara vez aparecía por la casa, por lo que Anne ni siquiera tuvo que instalar otra cama en el cuarto. Pero al cabo de un mes Anne se fue a vivir a la calle Hackett, en Berkeley, cerca de la cafetería en donde trabajaba y dejó de ver a su hermana, aunque a veces la llamaba por teléfono (eran las otras chicas del piso las que siempre contestaban las llamadas, recuerda Anne) para saber cómo estaba, para darle noticias de Great Falls, para saber si necesitaba algo. Las pocas veces que habló con Susan ésta estaba borracha. Una mañana le dijeron que Susan ya no vivía allí. Durante quince días la buscó por todo Berkeley y no la halló. Finalmente una noche llamó a sus padres, en Great Falls, y fue Susan quien contestó el teléfono. La sorpresa de Anne fue mayúscula. En cierto modo se sintió defraudada y traicionada. Susan había abandonado definitivamente los estudios y ahora quería rehacer su vida en una ciudad tranquila y decente, le dijo. Anne le aseguró que cualquier cosa que ella hiciera estaría bien hecha, aunque en realidad creyó que su hermana estaba muy mal y que había tirado buena parte de su vida por la borda.

Poco después conoció a Paul, un pintor nieto de anarquistas judío-rusos, y se fue a vivir con él. Paul tenía una casita de dos plantas, en la primera estaba su estudio en donde se amontonaban grandes cuadros que jamás terminaba y en la segunda había una habitación-sala-comedor muy grande, y una cocina y un baño muy pequeños. Por supuesto, no era el primero con el que se acostaba, antes había salido con un compañero de Pintura Impresionista que fue quien le presentó a Paul y en Great Falls había sido novia de un jugador de baloncesto y de un chico que trabajaba en una panadería. De este último creyó por un tiempo estar enamorada. Se llamaba Raymond y la panadería era de su padre. En realidad, en la familia de Raymond los panaderos se remontaban, ininterrumpidamente, a varias generaciones. Raymond estudiaba y trabajaba, pero cuando se graduó decidió dedicarse a la panadería a tiempo completo. Según Anne, no era un estudiante sobresaliente, pero tampoco era malo. Y lo que más recuerda de Raymond, del Raymond de aquellos años, es su orgullo en lo tocante a su oficio y al oficio de su familia, en una zona en donde la gente ciertamente se enorgullece de muchas cosas, pero no de ser panadero.

La relación entre Anne y Paul fue peculiar. Anne tenía diecisiete años, pronto iba a cumplir los dieciocho y Paul tenía veintiséis. En la cama tuvieron problemas desde el principio. En verano Paul solía ser impotente, en invierno tenía eyaculación precoz, en otoño y en primavera el sexo no le interesaba. Así lo cuenta Anne y también dice que nunca hasta entonces había conocido a nadie tan inteligente. Paul sabía de todo, sabía de pintura, de historia de la pintura, de literatura, de música. A veces era insoportable, pero también sabía cuándo era insoportable y tenía entonces la virtud de encerrarse en el estudio y ponerse a pintar durante todo el tiempo que estuviera insoportable; cuando volvía a ser el Paul de siempre, encantador, conversador, cariñoso, dejaba de pintar y salía con Anne al cine o al teatro o a las múltiples conferencias y recitales que por entonces se daban en Berkeley y que parecían preparar el espíritu de la gente para los años decisivos que se acercaban. Al principio vivían de lo que ganaba Anne en la cafetería y de una beca que tenía Paul. Un día, sin embargo, decidieron viajar a México y Anne dejó su trabajo.

Estuvieron en Tijuana, en Hermosillo, en Guaymas, en Culiacán, en Mazatlán. Allí se detuvieron y alquilaron una casita cerca de la playa. Todas las mañanas se bañaban, por las tardes Paul pintaba y Anne leía y por las noches iban a un bar norteamericano, el único de allí, llamado The Frog, frecuentado por turistas y estudiantes de California y en donde se quedaban bebiendo hasta altas horas de la noche y discutiendo con personas a las que normalmente ni siquiera hubieran dirigido la palabra. En The Frog compraban marihuana a un tipo mexicano delgado y que siempre iba vestido de blanco, y al que no dejaban entrar en el bar, que esperaba a sus clientes en el interior de su coche estacionado en la acera de enfrente, junto a un árbol seco. Más allá de ese árbol no había ningún edificio sino la oscuridad, la playa y el mar.

El tipo delgado se llamaba Rubén y a veces cambiaba la marihuana por casetes de música que probaba en el mismo radiocasete del coche. No tardaron en hacerse amigos. Una tarde, mientras Paul pintaba, apareció por la casita de la playa y Paul le pidió que posara para él. A partir de ese momento nunca más tuvieron que pagar por la marihuana que consumían, aunque a veces Rubén llegaba por la mañana y no se iba hasta bien entrada la noche, lo que para Anne resultaba molesto, pues no sólo tenía que cocinar para una persona más sino que, en su opinión, el mexicano le quitaba intimidad a la vida paradisiaca que habían planeado hacer.

Al principio Rubén sólo hablaba con Paul, como si intuyera que su presencia no era grata para Anne, pero con el paso de los días se hicieron amigos. Rubén hablaba algo de inglés y Anne y Paul practicaban con él el rudimentario español que ya sabían. Una tarde, mientras nadaban, Anne sintió que Rubén le tocaba las piernas por debajo del agua. Paul estaba en la playa, mirándolos. Cuando Rubén emergió la miró a los ojos y le dijo que estaba enamorado de ella. Ese mismo día, lo supieron después, se ahogó un chico que solía ir a The Frog y con el que ellos habían conversado en un par de ocasiones.

Poco después volvieron a San Francisco. Aquélla fue una buena época para Paul. Hizo un par de exposiciones, vendió algunos cuadros y su relación con Anne se estabilizó aún más de lo que ya estaba. A finales de año viajaron los dos a Great Falls y pasaron las navidades en casa de los padres de Anne. A Paul no le gustaron los padres de Anne, pero con Susan hizo buenas migas. Una noche Anne se despertó y no halló a Paul en la cama. Salió a buscarlo y oyó voces en la cocina. Al bajar encontró a Paul y Susan hablando de Fred. Paul escuchaba y hacía preguntas y Susan contaba una y otra vez, pero desde diferentes perspectivas, el último día que había pasado con Fred, dando vueltas en coche por los peores barrios de Great Falls. Anne recuerda que la conversación que mantenían su hermana y su novio le pareció extremadamente artificial, como si estuvieran dando vueltas alrededor del argumento de una película y no de algo que había sucedido en la vida real.

Al año siguiente Anne abandonó la universidad y se dedicó a ser la compañera de Paul a tiempo completo. Le compraba las telas, los bastidores, la pintura, preparaba la comida y la cena, lavaba la ropa, barría y fregaba los suelos, lavaba los platos, hacía todo lo que podía para que la vida de Paul fuera lo más similar a un remanso de paz y de creación. Su vida de pareja no era satisfactoria. Sexualmente Paul cada día estaba peor. En la cama Anne ya no sentía nada y llegó a pensar que tal vez fuera lesbiana. Por esa época conocieron a Linda y a Marc. Linda, como Rubén en Mazatlán, se ganaba la vida vendiendo droga y a veces escribía cuentos infantiles que ninguna editorial aceptaba publicar. Marc era poeta o al menos eso era lo que decía Linda. Por entonces, salvo raras excepciones, Marc se pasaba el día encerrado en su casa escuchando la radio o viendo la televisión. Por las mañanas salía a comprar tres o cuatro periódicos y a veces iba a la universidad, en donde se encontraba con antiguos compañeros o asistía a clases de renombrados poetas que recalaban en Berkeley por uno o dos cursos. Pero el resto del tiempo, recuerda Anne, se lo pasaba encerrado en su casa o en su habitación si Linda tenía visitas, escuchando la radio y mirando la tele y esperando el estallido de la Tercera Guerra Mundial.

La carrera de Paul, contra lo esperado por Anne, de repente se estancó. Todo ocurrió demasiado rápido. Primero perdió la beca, después los galeristas del área de la bahía de San Francisco dejaron de interesarse por sus cuadros, finalmente dejó de pintar y comenzó a estudiar literatura. Por las tardes, Paul y Anne iban a casa de Linda y Marc y se pasaban muchas horas hablando de la guerra de Vietnam y de viajes. Aunque Paul y Marc nunca llegaron a ser muy amigos, eran capaces de estar juntos durante horas leyéndose mutuamente poemas (Paul, recuerda Anne, comenzó por esas fechas a escribir versos deudores de William Carlos Williams y de Kenneth Rexroth, a quien en una ocasión escucharon en un recital en Palo Alto) y bebiendo. La amistad de Anne y Linda, por el contrario, creció de forma imperceptible pero segura, aunque no parecía estar cimentada en nada. A Anne le gustaba la seguridad de Linda, su independencia, su desprecio por ciertas normas establecidas, su respeto por otras, su manera ecléctica de vivir.

Cuando Linda se quedó embarazada su relación con Marc terminó abruptamente. Linda se fue a vivir a un piso en la calle Donaldson y trabajó hasta pocos días o tal vez hasta pocas horas (Anne no lo recuerda) antes del parto. Marc se quedó en el antiguo piso y su reclusión se hizo aún más severa. Al principio Paul siguió visitando a Marc, pero al poco tiempo se dio cuenta de que no tenían nada que decirse y dejó de hacerlo. Anne, por el contrario, estrechó su amistad con Linda y a veces incluso se quedaba a dormir en su piso, generalmente los fines de semana, cuando Linda debía dedicar más tiempo a atender a sus clientes y no podía estar todo lo que quisiera con el niño.

Un año después de su primer viaje a México, Paul y Anne volvieron a Mazatlán. Esta vez el viaje fue diferente. Paul quiso alquilar la casita de la playa, pero ésta estaba ocupada y se tuvieron que conformar con una especie de bungalow a unas tres manzanas de distancia. Nada más llegar a Mazatlán Anne enfermó. Tuvo diarrea y fiebre y durante tres días fue incapaz de levantarse de la cama. El primer día Paul se quedó en casa cuidándola, pero luego desaparecía durante horas y una noche no vino a dormir. Quien sí la visitó fue Rubén. Anne se dio cuenta de que noche tras noche Paul se iba con Rubén y al principio odió al mexicano. Pero la tercera noche, cuando ya se sentía un poco mejor, Rubén apareció por el bungalow a las dos de la mañana a interesarse por su salud. Estuvieron hablando hasta las cinco de la mañana y después hicieron el amor. Anne aún se sentía débil y por un momento tuvo la impresión de que Paul los estaba observando desde la puerta entornada o desde una ventana, pero luego se olvidó de todo, dice, ante la dulzura de Rubén y ante la duración del acto.

Cuando Paul apareció al día siguiente Anne le contó lo que había sucedido. Paul dijo mierda pero no añadió más comentarios. Durante uno o dos días intentó escribir en un cuaderno de tapas negras que nunca permitió que Anne leyera, pero al poco desistió y se dedicó a dormir en la playa y a beber. Algunas noches salía con Rubén como si nada hubiera pasado, otras noches se quedaba en casa y en dos ocasiones intentaron hacer el amor pero el resultado dejó mucho que desear. Con Rubén volvió a acostarse. Una vez, de noche, en la playa y otra vez en la habitación, mientras Paul dormía en el sofá de la sala. Al cabo de los días Anne notó que Rubén se ponía celoso de Paul. Pero esto sucedía sólo cuando estaban los tres juntos o cuando Anne y Rubén estaban solos, nunca cuando Rubén y Paul salían por las noches a visitar los bares de Mazatlán. Entonces, recuerda Anne, parecían hermanos.

Cuando llegó el día de partir Anne decidió quedarse en México. Paul lo entendió y no dijo nada. La despedida fue triste. Rubén y ella ayudaron a Paul a preparar las maletas y a meterlas en el coche y luego le dieron unos regalos, Anne un viejo libro de fotos y Rubén una botella de tequila. Paul no tenía regalos para ellos pero le dio a Anne la mitad del dinero que le quedaba. Después, cuando estuvieron solos, se encerraron en el bungalow y estuvieron haciendo el amor durante tres días seguidos. Poco después a Anne se le acabó el dinero y Rubén volvió a dedicarse a vender droga a la puerta de The Frog. Anne dejó el bungalow y se fue a vivir a la casa de Rubén, en un barrio de la ciudad desde el que no se veía el mar. La casa pertenecía a la abuela de Rubén, que

183

vivía allí con su hijo mayor, un pescador soltero de unos cuarenta años, y con su nieto. Las cosas rápidamente se torcieron. A la abuela de Rubén no le gustaba que Anne anduviera por la casa semidesnuda. Una tarde, mientras estaba en el baño, el tío de Rubén entró y le propuso acostarse con él. Le ofreció dinero. Anne, por supuesto, rechazó la oferta, pero no con suficiente fuerza (no quería ofenderlo, recuerda) y al día siguiente el tío de Rubén volvió a ofrecerle dinero por sus favores.

Sin saber lo que estaba a punto de desencadenar, le contó a Rubén todo lo que había sucedido. Esa noche Rubén cogió un cuchillo de la cocina e intentó matar a su tío. Los gritos, recuerda Anne, eran como para levantar a todo el vecindario, pero sorprendentemente nadie pareció advertirlos. Por suerte el tío de Rubén era más fuerte y más experimentado en peleas y no tardó en desarmarlo. Pero Rubén aún quería pelear y le arrojó un jarrón a la cabeza. El tío esquivó el jarrón justo en el momento en que la abuela salía de su habitación, vestida con un camisón de un rojo vivísimo, algo que Anne hasta entonces nunca había visto, con tan mala suerte que el jarrón fue a estrellarse contra su pecho. Entonces el tío le dio una paliza a Rubén y luego llevó a su madre al hospital. Cuando volvieron, la abuela y el tío entraron sin llamar en la habitación donde dormían Anne y Rubén y les dieron un par de horas para que se marcharan. Rubén tenía el cuerpo lleno de magulladuras y casi no se podía mover, pero el temor a su tío era tan grande que en menos de dos horas tenían todo dentro del coche.

Rubén tenía familia en Guadalajara y hacia allí se fueron. En Guadalajara sólo pudieron estar cuatro días. El primer día durmieron en casa de una hermana de Rubén, una casa llena de niños, pequeña, ruidosa y con un calor sofocante. Compartieron la habitación con tres pequeños y al día siguiente Anne decidió marcharse a una pensión. No tenían dinero, pero a Rubén aún le quedaba algo de marihuana y unas pastillas de ácido que decidió vender en Guadalajara. El primer intento fue decepcionante. Rubén no conocía bien Guadalajara y no sabía a qué sitios dirigirse para colocar su mercadería y volvió a la pensión cansado y sin nada de dinero. Esa noche hablaron hasta muy tarde y en un momento de frustración Rubén le preguntó qué harían si no conseguían dinero para pagar la pensión y para la gasolina del coche. Anne dijo (evidentemente en broma) que ella podía prostituirse. Rubén no captó la broma y la abofeteó. Era la primera vez que un hombre le pegaba. Antes robo un banco, dijo el mexicano y se le echó encima. Aquél fue uno de los polvos más extraños de su vida, recuerda Anne. Las paredes de la pensión parecían estar hechas de carne. Carne cruda y carne a la plancha, indistintamente. Y mientras la follaban miraba las paredes y veía cosas que se movían, que corrían por aquella superficie irregular, como en una película de terror de John Carpenter, aunque yo no recuerdo ninguna película de Carpenter con aquellas peculiaridades.

Al día siguiente Rubén vendió la droga que le quedaba y se marcharon a México D. F. Vivieron en la casa de la madre de Rubén, en una colonia cerca de La Villa, más o menos en la misma zona en la que yo vivía. Si entonces te hubiera visto, me habría enamorado de ti, le dije a Anne mucho después. Quién sabe, contestó Anne. Y añadió: si entonces yo hubiera sido un adolescente no me habría enamorado de mí.

Por un tiempo, unos dos o tres meses, Anne creyó que estaba enamorada de Rubén y que se quedaría a vivir en México para siempre. Pero un día llamó por teléfono a sus padres, les pidió dinero para un billete de avión, le dijo adiós a Rubén y regresó a San Francisco. Hasta que consiguió un trabajo de camarera vivió en el piso de Linda. Cuando Anne volvía de trabajar, a veces Linda estaba aún despierta y se quedaban conversando hasta muy tarde. Algunas noches hablaron de Paul y de Marc. Paul vivía solo y había vuelto a pintar aunque mucho menos que antes y no tenía la más mínima esperanza de exponer sus cuadros. Según Linda lo que les pasaba a los cuadros de Paul es que eran muy malos. Marc seguía encerrado en su casa, escuchando la radio y viendo todos los informativos de la tele y ya casi no le quedaban amigos. Algunos años después, recuerda Anne, Marc publicó un libro de poesía que tuvo cierto éxito entre los estudiantes de Berkeley y dio recitales y participó en algunas conferencias. Parecía el momento idóneo para que conociera a una chica y volviera a vivir con alguien, pero cuando pasó el ruido inicial Marc volvió a encerrarse en su casa y de él nunca más se supo nada.

Después Linda se puso a vivir con un tipo llamado Larry y Anne alquiló un pequeño apartamento en Berkeley, cerca de la cafetería. Aparentemente las cosas iban bien, pero Anne sabía que estaba a punto de estallar. Lo percibía en sus sueños, cada vez más extraños, en su estado de ánimo que por entonces se hizo propenso a la melancolía, en su humor, cambiante, caprichoso. Por aquellos días salió con un par de tipos, pero la experiencia fue decepcionante. A veces iba a ver a Paul, pero pronto interrumpió las visitas pues los encuentros empezaban bien pero casi siempre terminaban con escenas violentas (Paul rompiendo sus dibujos, tal vez un cuadro) o con ataques de lágrimas, autorrecriminaciones y tristeza. A veces pensaba en Rubén y se reía de lo ingenua que había sido. Un día conoció a un tipo llamado Charles y se hicieron amantes.

Charles era todo lo contrario de Paul, recuerda Anne, aunque en el fondo se parecían como dos gotas de agua. Charles era negro y no tenía ingresos de ningún tipo. Le gustaba hablar y sabía escuchar. A veces se pasaban toda la noche haciendo el amor y conversando. A Charles le gustaba hablar de su infancia y de su adolescencia, como si allí presintiera un secreto que había pasado por alto. Anne, por el contrario, prefería hablar de lo que le estaba ocurriendo en ese preciso momento de su vida. Y también le gustaba hablar de sus temores, del estallido que avizoraba agazapado detrás de un día cualquiera. En la cama, recuerda Anne, las relaciones fueron tan insatisfactorias como siempre. Los primeros días, tal vez por la novedad, la experiencia fue agradable, alguna noche tal vez incluso arrebatadora, pero después todo volvió a ser como siempre. En este punto Anne cometió lo que visto desde cierta perspectiva considera un error monumental. Le dijo a Charles lo que le ocurría en la cama, lo que sentía con todos los hombres con que se había acostado, incluido él. Charles al principio no supo qué decirle, pero al cabo de los días sugirió que ya que no sentía nada podía al menos sacar algo de provecho material de su situación. Anne tardó algunos días en comprender que lo que Charles le sugería era que se dedicara a la prostitución.

Posiblemente aceptó por la ternura que le inspiraba Charles en aquellos días. O porque le pareció emocionante probarlo. O porque supuso que aquello aceleraría el estallido. Charles le compró un vestido rojo y unos zapatos de tacón del mismo color y se compró una pistola porque consideraba, así se lo dijo a Anne, que un chulo sin pistola no era nada. Anne vio la pistola cuando iban en el coche, desde Berkeley a San Francisco, al abrir la guantera para buscar algo, cigarrillos tal vez, y se asustó. Charles le aseguró que no tenía por qué asustarse, que la pistola era un seguro de vida para ella y para él. Después Charles le indicó el hotel adonde debía llevar a los clientes, dio un par de vueltas con ella por el barrio y la dejó en la entrada de un bar en donde los tipos solían ir a buscar mujeres. Él se marchó posiblemente a otro bar, a divertirse con sus amigos, aunque a Anne le dijo que iba a estar permanentemente al acecho.

Nunca en su vida, recuerda Anne, había sentido tanta vergüenza como cuando entró en el bar y se sentó en la barra, sabiendo que estaba allí a la caza de su primer cliente y sabiendo que todos los que estaban en el bar lo sabían. Odió el vestido rojo, odió los zapatos rojos, odió la pistola de Charles, odió el estallido que se anunciaba pero que nunca venía. Sin embargo tuvo fuerzas para pedir un martini doble y suficiente entereza como para ponerse a hablar con el camarero. Hablaron sobre el aburrimiento. El camarero parecía saber mucho sobre el tema. Poco después se unió a la conversación un tipo de unos cincuenta años, parecido a su padre, sólo que más bajo y más gordo, de quien Anne no recuerda el nombre o tal vez nunca lo supo, pero a quien llamaremos Jack. Éste pagó la bebida de Anne y luego la invitó a salir. Cuando Anne ya se disponía a bajar del taburete, el camarero se le acercó y le dijo que tenía algo importante que comunicarle. Anne pensó que se le había ocurrido algo sobre el aburrimiento y quería decírselo al oído. En efecto, el camarero se estiró desde el otro lado de la barra y le susurró al oído que nunca más volviera a pisar aquel bar. Cuando el camarero volvió a su posición normal, él y Anne se miraron a los ojos y luego Anne dijo de acuerdo y se marchó. El tipo que se parecía a su padre la esperaba en la acera. Fueron en el coche de él al hotel que previamente le había señalado Charles. Durante el corto trayecto Anne no paró de mirar las calles como si fuera una turista. Sin demasiada esperanza esperaba divisar en algún portal o en la entrada de un callejón a Charles, pero no lo vio y decidió que seguramente su chulo se encontraba en un bar.

El encuentro con el tipo que se parecía a su padre fue breve y para sorpresa de Anne no careció de ternura. Cuando el tipo se marchó Anne cogió un taxi y volvió a su casa. Esa noche le dijo a Charles que todo se había acabado, que no quería volver a verlo. Charles era muy joven, recuerda Anne, y su mayor ilusión, aparentemente, era tener una puta, pero se lo tomó bien aunque estuvo a punto de echarse a llorar. Tiempo después, cuando Anne trabajaba en el turno de noche en una cafetería de Berkeley, volvió a verlo. Iba con unos amigos y se estuvieron riendo de ella. Esto molestó a Anne mucho más que todas sus anteriores peleas. Charles vestía ropa barata, por lo que era muy posible que no hubiera hecho carrera en el mundo de la prostitución, aunque Anne prefirió no preguntárselo.

Los años siguientes fueron bastante movidos, recuerda Anne. Durante un tiempo estuvo viviendo con unos amigos en una cabaña cerca del lago Martis, volvió a acostarse con Paul, hizo un curso de Literatura Creativa en la universidad. A veces llamaba a sus padres a Great Falls. A veces sus padres aparecían en San Francisco y pasaban dos o tres días con ella. Susan se había casado con un farmacéutico y ahora vivía en Seattle. Paul se dedicaba a la venta de material para ordenadores. A veces Anne le preguntaba por qué no volvía a pintar y Paul prefería no contestarle. También realizó algunos viajes fuera del país. Estuvo en México en un par de ocasiones. Viajó en una furgoneta a Guatemala, en donde la policía la tuvo retenida veinticuatro horas y uno de los amigos que iban con ella recibió una paliza. Estuvo en Canadá unas cinco veces, en el área de Vancouver, en casa de una amiga que como Linda escribía cuentos infantiles y que deseaba apartarse del mundo. Pero siempre volvía a San Francisco y fue allí donde conoció a Tony.

Tony era coreano, de Corea del Sur, y trabajaba en un taller de ropa en donde la mayoría de los empleados eran ilegales. Era amigo de un amigo de Paul o de Linda o de algún compañero de la cafetería de Berkeley, Anne no lo recuerda, sólo recuerda que fue un amor a primera vista. Tony era muy suave y muy sincero, el primer hombre sincero que Anne conocía, tan sincero que a la salida de un cine (era una película de Antonioni, era la primera vez que iban juntos al cine) le confesó sin ningún rubor que se había aburrido y que era virgen. Cuando se acostaron por primera vez, sin embargo, Anne quedó sorprendida por la sabiduría sexual demostrada por Tony, mucho mejor amante que todos los que hasta entonces había tenido.

Al poco tiempo se casaron. Anne nunca había pensado en el matrimonio, pero lo hizo para que Tony pudiera legalizar su situación en el país. Sin embargo no se casaron en California. Emprendieron un largo viaje a Taiwan, en donde Tony tenía parientes y allí celebraron las nupcias. Después Tony viajó a Corea a visitar a su familia y Anne viajó a Filipinas a visitar a una amiga de la universidad que vivía desde hacía años en Manila, casada con un prestigioso abogado filipino. Cuando volvieron a los Estados Unidos se establecieron en Seattle, donde Tony tenía parientes y donde con sus ahorros, con los ahorros de Anne y con el dinero que le dieron sus padres puso una frutería.

Vivir con Tony, recuerda Anne, era como vivir en una balsa de aceite. Afuera se desataba cada día una tempestad, la gente vivía con la amenaza constante de un terremoto personal, todo el mundo hablaba de catarsis colectiva, pero ella y Tony se introdujeron en un agujero en donde la serenidad era posible. Breve, dice Anne, pero posible.

Un apunte curioso: a Tony le encantaban las películas pornográficas y solía ir en compañía de Anne, a quien nunca antes, por supuesto, se le había ocurrido visitar un cine de este tipo. De las películas pornográficas le chocó el que los hombres siempre eyacularan afuera, en los pechos, en el culo o en la cara de sus compañeras. Las primeras veces sentía vergüenza de ir a esta clase de cines, algo que no parecía experimentar Tony, para el cual si las películas eran legales uno no debía sentir ningún tipo de pudor. Finalmente Anne se negó a acompañarlo y Tony siguió visitando estos cines solo. Otro apunte curioso: Tony era muy trabajador, más trabajador (de lejos) que cualquiera de los otros amantes que Anne había tenido en su vida. Y otro: Tony jamás se enfadaba, jamás discutía, como si considerara absolutamente inútil tratar de que otra persona compartiera su punto de vista, como si creyera que todas las personas estaban extraviadas y que era pretencioso que un extraviado le indicara a otro extraviado la manera de encontrar el camino. Un camino que no solamente nadie conocía sino que probablemente ni siquiera existía.

Un día a Anne se le acabó el amor por Tony y se marchó de Seattle. Volvió a San Francisco, volvió a dormir con Paul, se acostó con otros hombres, vivió un tiempo en casa de Linda. Tony estaba desesperado. Cada noche la llamaba por teléfono y quería saber por qué lo había dejado. Cada noche Anne se lo explicaba. Simplemente las cosas habían sucedido así, el amor se acaba, tal vez ni siquiera fue amor lo que los unió, ella necesitaba otras cosas. Durante varios meses Tony siguió llamándola y preguntándole por las causas que la habían llevado a romper con el matrimonio. En una ocasión la llamó una hermana de Tony y humildemente, recuerda Anne, le pidió que le diera otra oportunidad a su hermano. La hermana de Tony le dijo que había llamado a sus padres a Great Falls y que ya no sabía qué otra cosa hacer. Anne se quedó helada ante la noticia, pero al mismo tiempo le pareció de una calidez extraordinaria. Al final la hermana de Tony se puso a llorar, se disculpó por la llamada (era pasada medianoche) y colgó.

Tony viajó a San Francisco dos veces intentando convencerla de que volviera. Las conversaciones telefónicas fueron innumerables. Finalmente Tony pareció aceptar lo inevitable, pero siguió llamándola. Le gustaba hablar de su viaje a Taiwan, de su matrimonio, de las cosas que vieron, le preguntaba a Anne cómo era Filipinas y él a su vez le contaba cosas de Corea del Sur. A veces se arrepentía de no haberla acompañado a Filipinas y Anne tenía que recordarle que ella lo había preferido así. Cuando Anne le preguntaba por la frutería, por la marcha del negocio, Tony contestaba con monosílabos y rápidamente cambiaba de conversación. Una noche volvió a llamarla la hermana de Tony. Al principio Anne sólo oía un murmullo y le rogó que hablara más alto. La hermana de Tony subió la voz, pero apenas, y le dijo que Tony se había suicidado esa mañana. Después le preguntó, con un tono en el que no se adivinaba ni una brizna de rencor, si pensaba acudir al entierro. Anne dijo que sí. A la mañana siguiente, en vez de coger un avión para Seattle tomó uno que al cabo de unas horas la dejó en México D.F. Tony tenía veintidós años.

Durante los días en que Anne estuvo en el D.F. yo pude, otra vez, haberla conocido y haberme enamorado de ella, pero Anne lo duda. Fueron días, recuerda, inverosímiles, como si estuviera viviendo dentro de un sueño, aunque pese a todo tuvo tiempo para hacer turismo, es decir visitar los museos de la ciudad y casi todas las ruinas precolombinas que aún se sostienen en medio de los edificios y del tráfico. Intentó buscar a Rubén, pero no lo halló. Al cabo de dos meses cogió un avión para Seattle y fue a visitar la tumba de Tony. En el cementerio estuvo a punto de desmayarse.

Los años siguientes fueron demasiado rápidos. Hubo demasiados hombres, demasiados trabajos, demasiado de todo. Una noche, mientras trabajaba en una cafetería, se hizo amiga de dos hermanos, Ralph y Bill. Esa noche se acostó con los dos, pero mientras hacía el amor con Ralph miraba los ojos de Bill y cuando hacía el amor con Bill cerraba los ojos y seguía viendo los ojos de Bill. A la noche siguiente Bill apareció por allí, pero esta vez solo. Esa noche se acostaron pero más que hacer el amor se dedicaron a hablar. Bill era obrero de la construcción y veía el mundo con valor y tristeza, más o menos de la misma manera en que lo contemplaba Anne. Los dos eran los menores de dos hermanos, los dos habían nacido en 1948 e incluso físicamente se parecían. No pasó un mes sin que decidieran ponerse a vivir juntos. Por aquellos días Anne recibió una carta de Susan, se había divorciado y ahora estaba en tratamiento para curar su alcoholismo. Decía en la carta que una vez a la semana, a veces más, acudía a las reuniones de alcohólicos anónimos y que aquello le estaba abriendo un mundo nuevo. Anne le contestó con una postal típica de San Francisco y le decía cosas que en el fondo no sentía, pero cuando terminó de escribir la postal pensó en Bill y pensó en ella y le pareció que por fin había encontrado algo en la vida, su club de alcohólicos anónimos particular, algo muy fuerte a lo que se

192

podía agarrar, una rama elevada en donde hacer sus ejercicios, sus malabarismos.

Lo único que no le gustaba de su relación con Bill era su hermano. A veces Ralph llegaba a medianoche, completamente borracho, y sacaba a Bill de la cama para hablar de los temas más peregrinos. Hablaban de un pueblo de Dakota donde estuvieron cuando eran adolescentes. Hablaban de la muerte y de lo que hay después de la muerte, nada según Ralph, menos que nada según Bill. Hablaban de la vida del hombre, que consiste en estudiar, trabajar y morir. En ocasiones, que progresivamente fueron haciéndose más escasas, Anne participaba en estas conversaciones y tenía que reconocer que le gustaba la inteligencia de Ralph, o su astucia, para descubrir los puntos débiles en la argumentación de los demás. Pero una noche Ralph quiso acostarse con ella y desde entonces la relación se hizo más distante, hasta que Ralph dejó de aparecer por su casa.

A los seis meses de estar viviendo juntos se marcharon a Seattle. Anne encontró trabajo en una distribuidora de electrodomésticos y Bill en un edificio de treinta plantas que estaban construyendo. Por primera vez su situación económica era francamente buena y Bill sugirió que compraran una casa y se establecieran en Seattle para siempre, pero Anne prefirió postergar la compra para más adelante y se consolaron alquilando un piso en un edificio en donde sólo vivían tres familias que compartían un espléndido jardín. En el jardín, recuerda Anne, crecía un roble, una haya y las paredes del edificio estaban cubiertas de enredadera.

Tal vez fueron los años más tranquilos de su vida en los Estados Unidos, recuerda Anne, pero un día cayó enferma y los médicos le diagnosticaron una enfermedad grave. Por aquellos días, su humor se volvió irascible y ya no soportaba la conversación de Bill ni a sus amigos, ni siquiera verlo llegar cada día, con la ropa que usaba en la construcción. Tampoco soportaba su propio trabajo, así que un día lo dejó, metió ropa en una maleta y se presentó en el aeropuerto de Seattle sin saber a ciencia cierta qué tipo de avión iba a tomar. De alguna manera lo que quería era volver a Great Falls, ir a su casa, hablar con su padre médico, que sin duda sabría aconsejarla, pero cuando estuvo en el aeropuerto todo le pareció una estafa. Durante cinco horas estuvo sentada en el aeropuerto de Seattle pensando en su vida y en su enfermedad y una y otra le parecieron vacías, como una película de miedo con una trampa sutil, esas películas que no parecen de miedo pero que al final obligan al espectador a gritar o a cerrar los ojos. Hubiera deseado llorar, pero no lloró. Dio media vuelta, volvió a su casa de Seattle y esperó el regreso de Bill. Cuando éste llegó le contó todo lo que había sucedido aquel día y le pidió su opinión. Bill dijo que no entendía nada, pero que contara con su apoyo.

Al cabo de una semana, sin embargo, las cosas se volvieron a torcer. Bill y ella se emborracharon, discutieron, hicieron el amor, dieron vueltas en coche por barrios desconocidos y que no obstante a Anne le traían vagos recuerdos. Esa noche, recuerda Anne, pudieron tener en varias ocasiones un accidente automovilístico. Los días siguientes las cosas sólo empeoraron. Unos meses después Anne fue sometida a una operación pero el resultado no era concluyente. De momento la enfermedad estaba detenida, pero Anne debía seguir medicándose y sometida a chequeos médicos constantes. El riesgo de un rebrote, según Anne, podía ser mortal.

De aquellos meses pocas cosas más son consignables. Anne y Bill fueron a pasar las navidades a Great Falls. Susan recayó en la bebida. Linda seguía vendiendo drogas en San Francisco y tenía una buena situación económica e inestables relaciones sentimentales. Paul se compró una casa y poco después la vendió, a veces, sobre todo por las noches, se llamaban por teléfono y hablaban como dos desconocidos, fríamente, sin tocar nunca los temas que a juicio de Anne eran importantes. Una noche, mientras hacían el amor, Bill le sugirió que tuvieran un hijo. La respuesta de Anne fue breve y tranquila, simplemente le dijo que no, que aún era demasiado joven, pero en su interior sintió que se ponía a gritar, es decir sintió, vio, la separación, la línea que delimitaba el no-gritar con el gritar. Fue, recuerda Anne, como abrir los ojos dentro de la caverna más grande de la tierra. Por aquellos días tuvo un rebrote y los médicos decidieron volver a operarla. Su ánimo decayó, también el ánimo de Bill decayó, había días en que parecían dos zombis. La única actividad que Anne realizaba a gusto era la lectura, leía todo lo que caía en sus manos, sobre todo libros de ensayo y novela norteamericana, pero también leyó poesía y libros de historia. Por las noches no podía dormir y solía quedarse despierta hasta las seis o las siete de la mañana, y cuando se dormía lo hacía en el sofá, incapaz de entrar en la habitación que compartía con Bill y meterse en la cama junto a él. No por rechazo, menos aún por asco, recuerda Anne, a veces incluso entraba en la habitación y se quedaba durante un rato mirando a Bill mientras dormía, pero era incapaz de echarse a su lado y encontrar la paz.

Después de la segunda operación Anne volvió a meter su ropa y sus libros en un par de maletas y esta vez abandonó Seattle de verdad. Primero estuvo en San Francisco y luego tomó un avión para Europa.

Llegó a España con el dinero justo para vivir un par de semanas. Estuvo tres días en Madrid y luego se vino a Barcelona. En Barcelona tenía la dirección de un amigo de Paul, pero cuando lo llamó nadie contestó al teléfono. Esperó durante una semana, telefoneando al amigo de Paul por la mañana, por la tarde y por la noche, y dando largos paseos por la ciudad, siempre sola, o leyendo sentada en un banco del Parque de la Ciudadela. Vivía en una pensión de las Ramblas y cuando comía lo hacía en restaurantes baratos del Casco Antiguo. El insomnio, imperceptiblemente, desapareció. Una tarde llamó a Bill a cobro revertido y no lo halló. Después llamó a sus padres y tampoco estaban. Al salir de la Telefónica se detuvo junto a una cabina y volvió a llamar al amigo de Paul y nadie contestó. Por un instante

195

se le pasó por la cabeza la idea de estar muerta, pero la desechó en el acto. Una cosa era la soledad y otra bien distinta era la muerte. Aquella noche, recuerda Anne, trató de leer hasta muy tarde un libro sobre la vida de Willa Cather que le había regalado Linda antes de su viaje, pero el sueño la venció.

Al día siguiente llamó a Paul a cobro revertido y lo encontró. Le contó lo de su amigo de Barcelona, pero no le dijo nada de su situación económica. Durante unos segundos Paul estuvo pensando y luego se le ocurrió que llamara a una amiga, aunque quizá el término era excesivo, que vivía en Mallorca pero que tenía una casa en la provincia de Girona, una tipa llamada Gloria que había empezado a estudiar música pasados los cuarenta años y que ahora tocaba con la sinfónica de Palma o algo así. Probablemente tampoco la encontrarás, dijo Paul, o al menos eso es lo que recuerda Anne. Después llamó a Susan a Great Falls y le pidió que le enviara dinero a Barcelona. Susan prometió que lo haría ese mismo día. Su voz sonaba rara, como si la llamada la hubiera sorprendido en la cama o estuviera borracha. Esta última posibilidad alarmó a Anne, pues tal vez a Susan se le olvidara girarle el dinero.

Esa noche, desde una cabina de las Ramblas llamó dos veces a Gloria. Al segundo intento la encontró y le explicó toda su situación. Estuvieron hablando durante quince minutos, al cabo de los cuales Gloria le dijo que se fuera a vivir a su casa de Vilademuls, una aldea cercana a Banyoles, Banyoles, donde estaba el famoso lago, que no se preocupara por el dinero, ya le pagaría cuando consiguiera un trabajo. Cuando Anne le preguntó de qué manera podía entrar en la casa, Gloria le dijo que compartía la casa con otros dos norteamericanos y que seguramente uno de los dos estaría allí cuando ella llegara. La voz de Gloria, recuerda Anne, no era cálida, no era afectada, era una voz con un vago acento de Nueva Inglaterra, aunque ella supo de inmediato que no era de Nueva Inglaterra, era una voz objetiva, parecida a la de Linda (menos nasal que la de Linda), la voz de una mujer que caminaba sola. Esta imagen se correspon- de con el cine del Oeste, donde pocas mujeres caminan so- las, sin embargo es la imagen que Anne empleó.

Así que esperó en Barcelona dos días más hasta que lle- gó el dinero de Susan, pagó la pensión y se marchó a Vila- demuls, una aldea en donde no vivían más de cincuenta personas en invierno, algo más de doscientas en verano, y tal como le había asegurado Gloria uno de los norteameri- canos estaba en casa y la estaba esperando. Se llamaba Dan y daba clases de inglés en Barcelona, pero todos los fines de semana subía a Vilademuls y se dedicaba a escribir novelas policiales. Aquel invierno Anne no salió de la aldea más que para ir al médico a Barcelona. Los viernes por la noche lle- gaba Dan, a veces Christine, la otra norteamericana, muy raras veces aparecían otras personas, la mayoría norteame- ricanos, pero por regla general Dan y Christine usaban la casa para estar solos, Dan con sus manuscritos y Christine con su telar. El resto de la semana Anne escribía cartas, leía (en el cuarto de Gloria encontró una amplia biblioteca en inglés), hacía el aseo o emprendía reparaciones que la ve- tustez de la casa exigía a menudo. Cuando empezó la pri- mavera Christine le consiguió un trabajo de profesora en una escuela de idiomas de Girona y los primeros días Anne compartió casa con una inglesa y una norteamericana, pero luego, ante las buenas perspectivas de su nuevo trabajo, de- cidió alquilar un piso en Girona. Los fines de semana, sin embargo, los pasaba en Vilademuls.

Por aquella época Bill vino a visitarla. Era la primera vez que salía de Estados Unidos y durante un mes se dedicó a viajar por Europa. No le gustó. Tampoco le gustó, recuerda Anne, el ambiente de Vilademuls, aunque Dan y Christine eran personas sencillas, de hecho Dan se parecía bastante a Bill, había trabajado durante un tiempo en la construcción, había tenido experiencias similares a las de Bill y se consi- deraba a sí mismo, injustificadamente, un tipo duro. Pero a

197

Bill no le gustó Dan y probablemente a Dan tampoco le gustó Bill aunque se guardó de demostrarlo. El reencuentro, recuerda Anne, fue bonito y triste, pero en el fondo, añadió, esas palabras apenas alcanzaban para definir algo indefinible. Por esos días la vi por primera vez. Yo estaba en un bar de la Rambla de Girona, en La Arcada, y vi entrar a Bill y luego la vi entrar a ella. Bill era alto, de piel atezada y tenía el pelo completamente blanco. Anne era alta, delgada, con los pómulos levantados y el pelo castaño y muy liso. Se sentaron en la barra y yo a duras penas pude desviar la mirada de ellos. Hacía mucho que no veía a un hombre y a una mujer tan hermosos. Tan seguros de sí mismos. Tan distantes e inquietantes. Todo el bar La Arcada debería haberse arrodillado ante ellos, pensé.

Poco después volví a ver a Bill, iba caminando por una calle de Girona y por supuesto ya no parecía tan hermoso. Más bien parecía con sueño y con prisa. Y algunos días más tarde, mientras bajaba de mi casa en La Pedrera, vi a Anne. Ella subía y durante unos segundos nos miramos. Por entonces, recuerda Anne, había dejado la escuela de idiomas y daba clases particulares de inglés y estaba ganando bastante dinero. Bill se había marchado y ella vivía frente al bar Freaks y frente al cine Ópera, en la parte vieja de Girona.

Creo que a partir de entonces comenzamos a encontrarnos a menudo. Y aunque no nos hablábamos nos reconocíamos. Supongo que en algún momento, tal como acostumbran los habitantes de una ciudad pequeña, comenzamos a saludarnos.

Una mañana, mientras yo conversaba en la Rambla con Pep Colomer, un viejo pintor de Girona, Anne se detuvo y me habló por primera vez. No recuerdo qué fue lo que nos dijimos, tal vez nuestros nombres, nuestros países de origen, al final la invité a cenar esa noche en mi casa. Era Navidad o faltaba poco y yo preparé una pizza y compré una botella de vino. Hablamos hasta muy tarde. Fue entonces cuando Anne me contó que había estado en México en varias ocasiones. En general, sus aventuras se parecían mucho a las mías. Anne creía que esto se debía a que una vida, o una juventud, la que fuera, siempre se parecía a otra, aunque existieran diferencias objetivas e incluso antagónicas. Yo preferí pensar que de alguna manera ella y yo habíamos recorrido el mismo mapa, las mismas guerras floridas, una educación sentimental común. A las cinco de la mañana, tal vez más tarde, nos fuimos a la cama e hicimos el amor.

De golpe Anne se convirtió en algo importante en mi vida. El sexo fue el pretexto las dos primeras semanas, pero luego comprendí que por encima de nuestros encuentros amorosos lo que realmente nos atraía el uno al otro era la amistad. Por aquella época solía ir a su casa a eso de las ocho de la noche, cuando ella acababa con su última clase particular, y nos quedábamos conversando hasta la una o las dos. En medio ella preparaba bocadillos y descorchábamos una botella de vino, y escuchábamos música o bajábamos al Freaks a seguir bebiendo y hablando. En la puerta de ese bar se juntaban muchos de los yonquis de Girona, y no era extraño ver deambulando por los alrededores a los chicos malos locales, pero Anne solía recordar a tipos malos de San Francisco, tipos malos de verdad, y yo solía recordar a los de México y nos reíamos mucho aunque ahora, la verdad, no sé de qué nos reíamos, tal vez de estar vivos, nada más. A las dos de la mañana nos despedíamos y yo subía hasta mi casa en lo alto de La Pedrera.

Una vez la acompañé al médico, a la Clínica Dexeus, en Barcelona. Por aquellos días yo salía con otra chica y Anne salía con un arquitecto de Girona, pero no me extrañó (me halagó) que al entrar en la sala de espera me susurrara que probablemente me confundirían con su marido. Una vez fuimos juntos a Vilademuls. Anne quería que conociera a Gloria, pero Gloria no apareció ese fin de semana. En Vilademuls, sin embargo, descubrí algo que hasta entonces sólo sospechaba: Anne podía ser diferente, podía ser otra. Fue un fin de semana atroz. Anne bebía sin parar. Dan entraba y salía de su cuarto sin dar mayores explicaciones (estaba escribiendo) y yo tuve que soportar a una ex alumna catalana de Christine o de Dan, la típica imbécil de Barcelona o de Girona que era más norteamericana que los norteamericanos.

Al año siguiente Anne viajó a los Estados Unidos. Iba a ver a sus padres y a su hermana a Great Falls y luego iría a Seattle a ver a Bill. Recibí una postal de Nueva York, luego una postal de Montana, pero ninguna postal de Seattle. Más tarde recibí una carta de San Francisco en la que me contaba que su encuentro con Bill en Seattle había sido desastroso. La imaginé escribiendo la carta en el piso de Linda o en el piso de Paul, bebiendo, tal vez llorando, aunque Anne no solía llorar.

Cuando volvió se trajo algunas cosas de los Estados Unidos. Una tarde me las enseñó: eran los diarios que había empezado a escribir poco después de su llegada a San Francisco hasta poco después de su primer encuentro con Bill y Ralph. En total, treintaicuatro cuadernos de algo menos de cien hojas escritos por las dos caras con una caligrafía pequeña y rápida y en donde no escaseaban los dibujos, los planos (planos de qué, le pregunté al verlos por primera vez: planos de casas ideales, planos de ciudades imaginarias o de barrios imaginarios, planos de los caminos que debía seguir una mujer y que ella no había seguido), las citas.

Los diarios quedaron en un cajón de la sala y paulatinamente los fui hojeando, en presencia de Anne, hasta convertir mis visitas en algo bien extraño: llegaba, me sentaba en la sala, Anne ponía música o se ponía a beber y yo me dedicaba a leer los diarios en silencio. Sólo de vez en cuando hablábamos, generalmente para preguntarle algo que no entendía, giros y palabras desconocidas. Sumergirse en aquella escritura, delante de la autora, a veces era doloroso (daban ganas de arrojar los cuadernos y acudir a su lado y abrazarla), pero la mayor parte de las veces era estimulante, aunque no podría especificar qué era lo que estimulaba. Era como irse afiebrando imperceptiblemente. Daban ganas de gritar o de cerrar los ojos, pero la caligrafía de Anne tenía la virtud de coserte la boca y de clavarte cerillas en los párpados de tal manera que no podías evitar seguir leyendo.

Uno de los primeros cuadernos estaba dedicado íntegramente a hablar de Susan y las palabras horror o amor fraterno no alcanzan a describirlo. Dos cuadernos estaban escritos tras el suicidio de Tony y eran una interpelación y una disquisición sobre la juventud, el amor, la muerte, los paisajes ya borrosos de Taiwan y de Filipinas (en donde no estuvo con Tony), las calles y los cines de Seattle, los atardeceres privilegiados de México. Un cuaderno condensaba su primera experiencia con Bill y no me atreví a mirarlo. Mi opinión, por supuesto, fue mediocre. Deberías publicarlos, dije y después creo que me encogí de hombros.

Por aquellos días uno de los temas recurrentes de Anne era la edad, el tiempo que pasaba, los años que le faltaban para cumplir cuarenta. Al principio creí que sólo era coquetería (¿cómo podía una mujer como Anne Moore preocuparse por llegar a la cuarentena?), pero no tardé en darme cuenta de que su temor era algo real. En una ocasión vinieron sus padres, pero yo no estaba en Girona y cuando volví Anne y sus padres se habían marchado a Italia, Grecia, Turquía.

Poco después la relación de Anne con el arquitecto terminó de manera muy civilizada y ella empezó a salir con un antiguo alumno, un técnico de una empresa de importación de maquinaria. Era un tipo silencioso y bajo de estatura, demasiado bajo para Anne, con una diferencia que un cursi diría no sólo física sino metafísica, pero consideré una impertinencia el decírselo. Creo que por entonces Anne tenía treintaiocho y el técnico tenía cuarenta y ésa era su principal virtud, ser mayor que ella. Uno de aquellos días me marché definitivamente de Girona y cuando volví Anne ya no vivía en el piso de enfrente del cine Ópera. No le di mayor importancia, ella conocía mi nueva dirección, pero durante mucho tiempo no supe nada.

Durante los meses en que no la vi, Anne Moore viajó por Europa y África, tuvo un accidente de coche, dejó al técnico de importación de maquinaria, recibió la visita de Paul, recibió la visita de Linda, empezó a acostarse con un argelino, tuvo una infección en las manos y en los brazos de origen nervioso, leyó varios libros de Willa Cather, de Eudora Welty, de Carson McCullers.

Un día finalmente apareció por mi casa. Yo estaba en el patio, quitando maleza, y de pronto sentí sus pasos y me di vuelta y allí estaba Anne.

Esa tarde hicimos el amor como una manera de disimular la pura alegría que sentíamos de volver a encontrarnos. Días después fui yo a verla a Girona. Vivía ahora en la parte nueva de la ciudad, en un ático minúsculo, y me contó que tenía de vecino a un viejo ruso, un tipo llamado Alexéi, la persona más dulce y educada que jamás había conocido. Llevaba el pelo muy corto y no hacía nada para disimular las canas. Le pregunté qué había ocurrido con su preciosa melena. Parecía una vieja hippie, dijo.

Estaba a punto de viajar a Estados Unidos. En esta ocasión la iba a acompañar el argelino y creo que tenían problemas para obtener su visado en el consulado norteamericano de Barcelona. Así que el asunto va en serio, le dije. No me respondió. Dijo que en el consulado creían que el argelino pensaba quedarse a vivir para siempre en Estados Unidos. ¿Y no es así?, dije yo. No, no es así, dijo ella.

El resto del tiempo pasó casi sin darnos cuenta. Ya no recuerdo qué nos dijimos, qué nos contamos, cosas sin importancia, seguramente. Luego me marché y nunca más la volví a ver. Al cabo de un tiempo recibí una carta suya, escrita en español, desde Great Falls. Me contaba que su hermana Susan se había suicidado con una sobredosis de barbitúricos. Sus padres y el compañero de su hermana, un carpintero de Missoula, estaban destrozados y no entendían nada. Pero yo prefiero callar, decía, no tiene sentido añadir a este dolor más dolor o añadir al dolor tres enigmas diminutos. Como si el dolor no fuera suficiente enigma o como si el dolor no fuera la respuesta (enigmática) de todos los enigmas. Poco antes de abandonar España, decía, y con esto ponía punto final a la muerte de Susan, había recibido varias llamadas de Bill.

Según Anne, Bill la llamaba a cualquier hora del día y casi siempre terminaba insultándola, casi siempre terminaban insultándose. En las últimas llamadas Bill había amenazado con ir a Girona y matarla. Lo que resultaba paradójico, decía, era que la que iba rumbo a Seattle era ella, aunque bien mirado casi no le quedaban amigos a quienes visitar allí. Del argelino no decía nada, pero yo supuse que allí estaba, junto a ella, o eso preferí suponer para no sufrir pesadillas.

Después ya no tuve noticias de ella.

Pasaron varios meses. Me cambié de casa. Me fui a vivir a la costa, a un pueblito que en los sesenta Juan Marsé elevó a la categoría de mito. Tenía mucho trabajo y muchos problemas como para hacer algo relativo a Anne Moore. Creo que hasta me casé.

Por fin, un día cogí un tren y volví a la gris Girona y al pequeño ático de Anne. Tal como imaginaba, fue una desconocida la que me abrió la puerta. Por supuesto, no tenía idea de quién era la antigua inquilina. Antes de irme le pregunté si en el edificio vivía un caballero ruso, un señor ya mayor, y la desconocida me dijo que sí, que llamara a una de las puertas del segundo.

Me atendió un señor muy mayor que apenas andaba apoyado aparatosamente en un enorme bastón de encina, que más que bastón parecía un báculo o un instrumento de lucha. Recordaba a Anne Moore. De hecho, recordaba casi todas las cosas que habían sucedido en el siglo XX, aunque eso, admitió, no era digno de ponderación. Le expliqué que hacía mucho no sabía nada de ella y que acudía a él en busca de alguna información. Poca información tengo, dijo, sólo unas cartas desde América, un gran país en el que me hubiera gustado vivir más tiempo. Aprovechó el pie para contarme sucintamente los años que había vivido en Nueva York y sus andanzas como croupier en Atlantic City. Después recordó las cartas y me hizo un té mientras se demoraba en buscarlas. Por fin apareció con tres postales. Todas de América, dijo. No sé en qué momento comprendí que estaba completamente loco. Me pareció lógico, dentro de lo que cabía. Me pareció justo y me relajé, anticipándome al final.

El ruso me extendió las tres postales por encima del té humeante. Estaban en orden de llegada, estaban escritas en inglés. La primera era de Nueva York. Reconocí la letra de Anne. Decía las cosas de siempre y terminaba rogándole que se cuidara, que comiera todos los días y asegurándole que lo recordaba y que le enviaba besos. La postal era una foto de la Quinta Avenida. La segunda postal era de Seattle. Una vista aérea del puerto. Y mucho más escueta que la primera y también más ininteligible. Entendí que hablaba de exilios y de crímenes. La tercera postal era de Berkeley, de una tranquila calle del Berkeley bohemio, según rezaba en la leyenda. Estoy viendo a mis antiguos amigos y haciendo otros nuevos, decía la clara caligrafía de Anne Moore. Y terminaba igual que la primera, recomendándole al querido Alexéi que se cuidara y que no se olvidara de comer todos los días, aunque fuera sólo un poco.

Miré al ruso con tristeza y curiosidad. Él me devolvió la mirada con simpatía. ¿Ha seguido usted sus consejos?, dije. Por supuesto, siempre sigo los consejos de una dama, respondió.

ÍNDICE